春色シンドローム

残念王子様と恋の消しゴム

くらゆいあゆ

20871

角川ビーンズ文庫

もくじ

◆◆◆

島本波菜（しまもとはな）

男子と話すのが苦手で赤面症。模試で朔哉に消しゴムを貸したことがある。

（なんですか、そのおもちゃ、って！）

次期部長
サッカー部
料理上手
ただやま ゆひと
多田山結人
波菜たちのクラスメイト。
気配りのできるフォロー役。
もりもとしゅんぺい
森本駿平
波菜たちのクラスメイト。
優しく温厚。
ラグジュアリー
バスケ部
頼りになる
よしずみりんこ
吉住凜子
波菜たちのクラスメイト。
お金が大好きギャグ担当。
まえはら かなで
前原 奏
波菜の幼なじみ。
正義感が強い
しっかり者。

本文イラスト／茶々ごま

1 残念王子に奇跡の再会

「ちょっと君たち事務室に来なさい」

高校受験の模試会場で、試験監督からそう告げられたのは、最初の教科が終わった直後だった。

試験中に声をかけなかったのは、たぶん他の生徒への配慮だ。

その男の子は試験監督に目を向けるよりも先に、長机のひとつ席を空けた場所で身をこわばらせるわたしの瞳を覗き込んだ。

安心していいよ、と言ってくれているようで、こんな一大事だというのに心が凪いだ。

事のほったんは一時間前にさかのぼる。

どこかの大学のキャンパスを借りてやった、中学三年、夏休み明けの模試だった。長い机の端と端、真ん中の席をひとつおいて受験番号順に座るよう指示が出ていた。

遅刻ギリギリに、わたしの隣の席に、ちょっと目をひくくらいかっこいい男の子が座ったのだ。

もう隣こないのかな、となんとなくそっちをぼんやり眺めていた時に、そこにドサッとスクールバッグが置かれた。ふてくされたような面持ちで、その子はスクールバッグから筆記用具を無造作に取り出して机に置く。

整った顔立ちのせいで怒ったように見える無表情が、よけい迫力に輪をかける。苦手なタイプ、ととっさに感じたのを覚えている。


試験開始から十分が経ったころ、わたしは隣の男の子の異変に気づいた。ごそごそと身動きをする音が、静まり返った会場に響く。

顔をほんの少し傾けて確認すると、どうやら何かを捜しているようだった。ペンケースの中身を全部出したり、プリント類をどけてみたりしている。

消しゴムだ……。

わたしは予備に持ってきていた消しゴムを自分のペンケースの中から取り出し、握りしめた。

困っている。どうしよう。この模試だって大事な判定材料になる。これがあればあの子は助かるはずだ。

でも……。

わたしが机の上に置いた消しゴムに手を載(の)せ、首をかしげていると、ふいに動きを止めた彼がこっちを向いた。わたしとその子の視線がぴったり重なる。一秒あるかないかのその一瞬(いっしゅん)が、なぜかとても透(す)き通っているように感じた。

わたしのどこにそんな勇気があったのか、今となってはまるでわからない。なにかに導かれるように、声を出さずに唇(くちびる)だけが動いた。

〝いくよ〟

男の子の視線がわたしの顔から机の上の消しゴムに落ちる。

彼が大きく目を見開く中、わたしは消しゴムの上に置いた指を動かした。消しゴムが長机の上を滑(すべ)っていく。

その子はかなり軌道(きどう)を外したそれを器用に受け止める。その格好のまま、まだびっくり眼(まなこ)でわたしを凝視(ぎょうし)していた。

わたしは問題用紙に視線を戻(もど)し、長文の続きにとりかかった。

「ちょっと君たち事務室に来なさい」

わたしの浅はかな判断が、その男の子を窮地(きゅうち)に陥(おとしい)れることになってしまった。

「なんすか？　この消しゴムのこと？　俺が消しゴムなくて困ってるのを見かねて、隣の席のこの子が貸してくれただけっすよ」

硬直して言葉が出ないわたしとは違い、その男の子はなんの気負いもなく釈明していた。

「いいから来なさい。ここで話すと他の生徒の迷惑になる」

「試験が全部終わってからじゃダメっすか？　解答なんてかなり違ってるはずだし、第一俺たちは初対面だ。これじゃ親切心で貸してくれたこの子にめっちゃ迷惑かかるじゃないっすか。この消しゴムに細工もないっすよ。調べてください」

男の子は試験監督に消しゴムを差し出した。

「だけど、そういう行為自体が違反……」

男の子から消しゴムを受け取りながら、試験監督は口ごもった。

「カンニングじゃないって調べりゃすぐにわかることです。あたら十五歳の純真無垢な少年少女の将来をつぶす気ですか？　しかも一番肝心なことに、俺たちは無実だ」

「…………」

「俺が駄目なら彼女だけでも試験を受けさせてください」

男の子は試験監督を前に臆することがなかった。

「いいだろう。二人とも最後まで試験を受けなさい。その後話を聞かせてもらう」

そう言い放つと試験監督はわたしたちに背を向けた。その背に男の子が言葉を投げる。

「すいません、消しゴム貸してください。俺、忘れたんで」

「……教卓の前まで取りにきなさい」

呆れたようなあきらめたような声音で、試験監督が応じた。

「ごめんな、あと、ありがと」

教卓に向かう前、男の子は、わたしのほうをちらっと見てそうささやいた。

その後、二教科の試験を受け、わたしたちは事務室に呼ばれた。私立模試で三教科しかなかったことがありがたかった。気まずい時間を長く過ごさなくてすんだ。

最初は個別の部屋に通された。

「湊川第二中学三年、島本波菜。間違いないね?」

「はい」

そこでいろいろと聞かれ、その後さっきの男の子と一緒の部屋に案内された。

そこでもまた質問攻めにあったけれど、わたしたち二人に以前からの接点はない。消しゴムにも細工がなく、三教科の解答にも不審な点がみつからなかったことから、その場で無罪放免になった。

次からは紛らわしい行動をとらないこと、試験にくるのに消しゴムを忘れるなんて言語道断だと、その男の子は厳重注意を受けていた。紛らわしい行動をとったのはわたしだ。

でも男の子は終始無言で素直にうなずいていた。

「あの……ごめんなさい。わたしすごく余計なことしたみたいで……」

事務室の前の廊下でわたしは男の子に頭を下げた。

「いんや、こっちこそごめんな。俺が消しゴム忘れたりしたから、君を巻き込んじゃって。てかすごいよね」

「え？」

「あの状況で困ってる人に消しゴム貸そうとするなんて。めっちゃ勇気あるなと、俺感動したわ」

「えっ？」

わたしは目をみはった。

勇気？　感動？　わたしが人にそんなものを与えたりできるの？

でもそうだ。わたしの今日の行動に一番驚いているのは、まぎれもない自分自身。

わたしのどこにこんな勇気が眠っていたのかと仰天している。わたしって、もしかしてやればできる子？

引っ込み思案なわたしは自分に自信が持てない。

運動神経もよくないから、小学生の頃は鬼ごっこで延々鬼だったり、ドッジボールですぐ当たってチームメイト、特に男子に舌打ちされたりしていた。失敗すると赤面しちゃうのを笑われるだけじゃすまない。小学生はまだ男子のほうが幼くて、その場の感情に支配されがちだった。口汚く攻め立てるのは男子が多い。

それもわたしが男子を苦手になってしまった理由のひとつだ。

そういう男子との間に仁王立ちし、突き飛ばす勢いでわたしを守ってくれていたのが女の子である奏。幼稚園に入る前から現在に至るまでのわたしの親友だ。

小さい頃から頼りになるのは男子じゃなくて、正義感の強い女の子の友だちだと刷り込まれてきたところがある。

でも今日、わたしは困っているこの男の子を助けようとした。男子だったのに！　なぜか！

その結果、この男の子から勇気があるとか感動した、なんて言われたことで、自分をまるごと肯定してもらえたような錯覚におちいっている。

男子を、今までとは違う生きものだと認識した瞬間だったのかもしれない。

歩く廊下の色さえ違って見えた。中学の廊下よりも大学のものは白っぽくて明るいけど、そこじゃないんだ。

もしかして男子苦手症候群を、わたしはちょっとだけ克服した？

人の引けた空間を二人、並んで歩いた。

名前も知らないこの子は着崩した学ランに、甘さを残すシャープな横顔が絵になる。日に焼けすぎていることに目をつぶれば、タレント事務所の筆頭若手俳優だと言われても納得しちゃうレベルだ。

それにしても……。わたしがこんなに勇気を出したのは小学校五年のあの時以来。相手はあの時と同じように男子。

なけなしの自信と奮い立たせた勇気を全否定され、わたしの小さな世界を根底からひっくり返す結果になってしまったあの四年前の出来事を思い出す。

あれから、子供心に身の程知らずな行動は決してすまいと誓った。いろんな要因で男子が苦手だ。

でもできれば避けて通りたいとまで萎縮してしまったのは、確実にあの時からだ。

でもでも。今、わたしが勇気を出したことを、同じ男子であるこの子が認めてくれた。

なんだかとても不思議だ。

「第一志望、どこ？」

「日向坂高校。えっ？　あ……」

わたしは、その子に自分の志望校をすんなり答えていた。聞き方が直球すぎるし、普通は初対面の女子にそんなことは聞かないでしょ。

思考が過去に飛んでいたところにありえない質問がきて、ほぼ反射で答えてしまっていた。

「あー、日向の坂にあるあの高校ね。そこは俺も考えて――」

「朔哉さんっ！」

「え？　あれ？　なんで葛西さん、こんなとこまで入ってきてんだ？」

血相を変えて廊下を小走りでこっちに向かってくる人がいた。洗練された黒のパンツスーツに身を包んだ三十代くらいの女の人。

「あんまり遅いからお迎えに来たんじゃありませんか！　事務室で聞いたらその生徒ならカンニングの疑いで事情を聴いています、なんて返されたんですよ？　どんなにわたしが心配したかわかってるんですかっ？」

「間違いだって」

「そうみたいですね。でも昨日のうちからちゃんと用意しておけば、そんなことにはならなかったはずでしょ？」

「うるさいな」

「今朝だって遅刻しそうになるから、わたしが仕方なく送るはめになったんです。まあ朔哉さんが気乗りしてないからお目付け役的な――」

「ちょっと葛西さん、もう帰るよっ。そんじゃーね。お互いがんばろうね」

その男の子はそうさえぎると、葛西さんと呼んだ女性を出口のほうに無理やり押し出しながら、わたしに手を振った。数歩進んでから振り返り、つけ加える。

「またね」

「はぁ」

どんな関係の人？　葛西さん、なんて他人行儀な呼び方。お母さんじゃないのはわかる。雰囲気としてお手伝いさん？　って感じでもない。

慌ただしく去って行く二人の後ろ姿を見送りながら、思考はさっき、志望校を口にしたことに戻っていった。

もう会うこともないからこそ、簡単に志望校を答えられたのかもしれないな。

その人に、高校で再会した。それが宇城くん、宇城朔哉くんだ。

入学式で、列に並ぶわたしに後ろから「よぉ」と気安く声をかけてきた。

暖かい日差しの中、満開のさくらの下で、あの時の人が目を細めて笑っていた。日向坂高校のブレザーにネクタイ姿がやけに大人びて見えた。急に春めいて温度が急上昇した日だった。

宇城くんの頰は、期待か希望か興奮か、はたまた気温のせいだけか、さくら色に上気して見え、それがとても、健康的で眩しかった。


一年の時のクラスは離れてしまったけれど、廊下や体育館でその姿を目にすることはよくあった。なんせ芸能人なみの容姿をしているから、やたらと目立つのだ。

そのうえ運動神経もいい。いろんな運動部から引っ張りだこだったみたいだ。最終的に自分では最初から決めていたらしいサッカー部に入っていたけど。中学がサッカー部だったとあとから知った。

そんな絵に描いたようなモテ要素満載な人なら、さぞかし女子の黄色い声がまわりをとりまいているんだろうな、と思われそうだけど……。

実際とりまいていたのだ。入学からこっち、最初の一週間程度は。

一年二組にどこぞのタレント事務所の男子がいると、女子の間でまことしやかにささやかれていた。

しかし高校二年で同じクラスになった現在、宇城くんに女友だちは多いものの、彼女と呼べる人はいない。彼女になろうとする子も、知っている限りはいない。

変わっているのだ。圧倒的に。

もう外見の魅力や運動神経のよさを差し引いても、充分おつりがくるくらいに。

〝イケメンのもちぐされ〟〝観賞用〟〝残念王子〟と、不名誉なレッテルばかりをペタペタと貼りつけられている。

2 自由の国から来た王子

夏も本番！　梅雨明け宣言もまだなのにすでに気温は圧倒的な夏！　テストも終わり、終業式を終えれば高校二年の夏休みが始まる。

「宇城は顔だけなら超絶にいいんだから、もう顔で推しなよ、顔で！」

男女六人で教室の机や椅子に腰かけて話す放課後、奏がそんな失礼千万なことを宇城朔哉くんに対して言い放つ（ちなみに幼なじみの奏は無事わたしと同じ日向坂高校に合格、もといわたしが無事に奏と同じ日向坂高校に合格）。

二年三組の教室は西日が大量に入り、遅い時間のほうが明るいくらいだ。

「前原、それはめっちゃ朔哉に対して無礼だぞ。……当たってるだけに」

ぎゃはは、と豪快に笑う多田山くんのほうがよっぽど失礼かも。ちなみに多田山くん、多田山結人くんは宇城くんの親友だ。

「マジだ！　それは逆に言えば朔哉には顔以外いいとこがない、って断言してるようなもんじゃん」

この発言は同じく宇城くんの親友の森本駿平くん。

三人は男子サッカー部の要で超仲良し。もうじき部長交代の時期で、多田山くんが部長で森本くんが副部長になるらしい。

エースは宇城くんなのに、もろもろの理由で部長・副部長には適していないと判断されたとの噂だ。

「だって実際そうじゃん！　バカだしうるさいし、ガサツだし幼稚だし空気読めないし、大幅にズレてるし女子に対するデリカシーなんて、おお新しいデリカ！　美味いのか？ってな感じじゃなーい？」

凜子の物言いも奏に負けず劣らず厳しい。

前原奏と吉住凜子、これが二年三組で仲良くしているわたしの親友二人だ。

幼稚園に入る前からのつき合いの奏は、わたしのことはなんでも知っていると言っていい。わたしはしっかり者の奏に今も頼りっきりという不甲斐なさ。

「宇城朔哉は残念イケメンの代名詞。完全なる観賞用！　ま、それが学年を通しての共通認識だね！」

と、ここで奏が、茶色く染めた長い髪を後ろに払いながらダメ押しをする。

「別にぜんぜんいいよ、それで。俺、好きな子以外にモテたいと思わねえもん」

気分を害したそぶりもなく、宇城くん本人はつむじのあたりを人差し指で掻いている。

「でもその好きな子にはめっちゃモテたいんだろ？　だからこうして女子に相談……それも……」

そこでぶあっはっは！　と多田山くんがまたもや大口を開けて笑い出した。

ああ！　嫌な予感がする。嫌な予感しかしない。

「そんじゃさ、具体的に俺どうすればいいわけよ？　その、顔で推す、ってどういうこと？　前原」

そこで奏はちょっと前かがみになって宇城くんに顔を近づけた。

内緒話をする体裁をとってはいるけど、教室の真ん中で話すたったの六人だ。ここにいる全員に聞こえていることは周知の事実。

「今のままじゃ宝の持ちぐされのイケメンをアピールするんだよ。かっこいい写真ばっかりを撮りまくって、狙ってる子の携帯に送ってあげるの。もう一発でノックアウトするような写真をさ！」

「今はね、宇城。自撮りする時のための自撮り棒ってものまであるんだよ」

「なんだそれは？　吉住」

「見たことない？　携帯をその棒の先にセットして手元のボタンを押すの。そうするとある程度離れた場所から自撮りができるし、アングルにバリエーションも出るんだよ」

「ほー、なるほどな。ああ、なんか女子がやってるの見たことある」

「でしょ？　あとね、セルフで撮るやり方もきっちり覚えれば、両手を離して自由なポーズもできちゃうよ」

「へえ」

「人気の若手タレントの写真集なみにかっこよくできると思うよ、宇城なら」

「ふうん、そうかな」

「そうだ！　タレントの写真集を参考に使えばいいんじゃない？　どういうアングルがかっこいいかよくわかると思うよ？」

「ほー、なるほどねー」

奏の言葉に納得の相槌を返しながら、宇城くんの顔がゆっくりとわたしのほうを向く。

もう奏も凜子も面白がって宇城くんに何を教えているのよ。宇城くんで遊ぶのをやめてほしい。

宇城くんが、わたしの瞳を覗き込むように見つめてくる。まさに、ヘビに睨まれたカエルの心境だ。

「ところで波菜。お前、タレントで誰が好き？」

「え？　あのー、えーと、そのう、特には……」

わたしは下をむいて、ごにょごにょと呟いた。

「は？　聞こえねえよ。誰だと？」

「……竹河涼……か、な。しいて言えば」

とりたてて好きなタレントはいないけど、わたしに振られた話題を長引かせたくなくて、場当たり的に今人気急上昇中の若手俳優のうちのひとりの名前を挙げた。

宇城くんとわたしのやりとりに、まさにゲラゲラって形容がふさわしい大声で、他の四人が一斉に笑い始めた。

ああ……神さま、仏さま、アーメンです！　わたしを宇城くんからお救いください。

「波菜がそいつのことがタイプなら、俺負けないようにめっちゃがんばるわ！」

自分の首筋から頬にかけて、ものすごい勢いで血液が駆け上がるのがわかる。わたし、また真っ赤になっている。他の人じゃここまでできないほど赤面しているはず。これはもう一種の特技だよ。

「やっぱ。波菜、むちゃくちゃかわいい！　もうおもちゃみたい！　そうやって俺が言ったことで、スイッチ押したみたいに一瞬で真っ赤になるのが、もうかわいくってかわいくって！」

「違うよー」

わたしは椅子に座ったまま頭を抱え込んだ。

やっぱりまた遊ばれてるよー。この赤くなるのだけは自分でもどうにもならないんだってば。

「うるさいよっ！　宇城！　このドS変態っ。波菜の赤面症についてあれこれからかうやつはあたしが許さない、って何度も注意してるじゃんっ」

さっきまで一緒に笑いころげていた奏が、わたしの赤面症のことを宇城くんが指摘したとたん、豹変して怒りだした。

奏が宇城くんの頭を平手で豪快にスパコーン！　と叩く音が聞こえた。

その後、わたしの肩よりちょっと長いおかっぱ頭を優しい手つきでなでる。

「だって波菜、俺がなんか言った時しかここまで真っ赤になることないぜ？　意識されてるみたいで超気分いいし。もう何よりかわいくて！　おもちゃみたいで！」

……なんですか、そのおもちゃ、って！

嫌な思い出があって苦手なんだよね。その〝おもちゃみたいでかわいい〟という表現方法は。

「朔哉……。かわいいで止めときゃいいものを、おもちゃとか……。確かに外れた言いまわしじゃないんだけどそこは一応……」

多田山くんが隣でため息をついている。

高校に入ってからほとんど治りかけていた赤面症。宇城くんのせいで完全復活している。

……宇城くんに対してだけは、実は特別なんだ。

激怒りの奏以外はみんなまだゲラゲラ笑っている。止まない笑いの渦の中、そのままがっくりと首をたれた。

からかわれてもかわし方のスキルも持たない島本波菜、高校二年の十六歳。不覚です。

二日後、わたしの携帯は奏に没収されて、メッセージアプリ画面を確認された。

完全に油断していたのだ。放課後の教室で、奏と凛子のバスケ部が終わるのを待っていた。

二人が入ってきたことにちっとも気づかず、そのまま後ろから携帯をひょいっと取り上げられてしまった。

　画面に集中し過ぎていたみたい。取り上げられてから抵抗しても遅い。

「きゃーっ！　これマジ？　あいつほんとにイケメンだよね」

「うわっ。すごいね。宇城が本気を出すとそこらへんの芸能人は完全に負けるよ」

「波菜が名前出したから、竹河涼の写真集を絶対に参考にしたよ、これ！」

「てか、構図やアングル全くそのままなんじゃん？　写真集見たことはないけど、これ素人の撮り方じゃないよね」

　奏と凜子は感嘆半分、遊び半分で、わたしの携帯を両手でつかみ、目の前十センチまで持ってきて凝視している。

　茶髪ロングの奏と黒髪ロングの凜子が同時に画面を覗き込むと、視界が髪の毛カーテンで仕切られるようだ。

　わたしの携帯のメッセージアプリ画面には、ゆうに三十を超える宇城くんの自撮り画像が送られてきていた。それがもう……恥ずかしげもなくというかなんというか、完全にモデルのノリなのだ。

　凜子が言ったように、たぶん竹河涼の写真集の構図をそっくりそのまままねしたんだろう。

最初の画像は裸の上半身に、濡れた前髪の間からこっちを睨むように見据えている構図。顎や胸元に水滴がいっぱいついていて悩殺されそうなほどなまめかしい。

その次のは、裸にそのまま赤いパーカーを羽織り、フードを被って両手をポケットに突っ込みそっぽを向いている。

目を閉じて青空を仰いでいる画像は、のど仏が強調されていていかにも男子だ。

なぜか正装もあった。白いシャツに銀の蝶ネクタイ、真っ黒のタキシードといういでたちで煉瓦の壁によりかかり、気負いのない表情でこっちを眺めている。

高校生がいきなりこんな……素人目にも上質なタキシードを持っているところからして、やっぱり宇城くんは相当のお坊ちゃまだ。

ふだんじゃ絶対にしない格好やポーズがこの後も延々と三十以上も続くのだ。

こんなものを正視に耐えるレベル、いやそれ以上の画像にできちゃうあたり、彼は芸能人とさして変わりがない。

ただ芸能人でもないのにこれを平気でやってのけ、しかも女子の携帯に送りつけるなんてことを……。

「これをなんの疑問もなく真面目にできちゃうとこが宇城だよね」

「全く！　発見したのがあたしたちじゃなかったら完全にドン引きされて、まあネタにされるよね」

　数秒後、最初のテンションはどこへやら、奏に続き凜子も声をひそめ、充分に……ドン引き、しているじゃなーい！　自分たちで勧めたくせに。

「奏、凜子、これ、絶対に絶対に言いふらしたりしないでよ？　こんな自撮りを焚きつけたの、奏と凜子なんだからね？」

「わかってるよ。宇城はあれでも友だちだからね」

「さらしものなんかにできないもん。……どんなにバカでも。てか、セルフ使いこなしてるよ。練習までしちゃったのかも。あいつの必死さがマジでかわいい！　泣ける！」

　泣けると言っているくせに、凜子はきゃはは、と声を出して笑いころげている。

「もう、奏も凜子も立派に面白がってるってば。……まあ、面白がってるのは宇城くんのほうも同じなんだろうけど」

「そんなことしてないよ！　純粋に宇城の恋路を応援してやってるだけだよ。もう波菜は奥手すぎるんだもん！」

「凜子ってば！　ほんとに好きな子にこんな恥ずかしいことができるわけないでしょ？　わたしはからかわれてるだけなんだってば！」

「確かにからかいがいはあるよね。波菜はいまどきめずらしい絵に描いたような純情少女だし。すぐ赤くなるからさ」

うっ！　人の一番気にしていることを！　だいぶよくなったんだよ、これでも。奏も奏で、わたしがそれを他人、とくに男子から指摘されると鬼の形相で怒るのに、自分では言うんだから。

わたしは奏から乱暴に携帯を奪い返し、もう取られないように胸元に抱え込んだ。二人から顔をそらしてぷいっと横を向く。

窓から吹き込む七月の風が、レースのカーテンを揺らしていく。

今日は早くに終わることがわかっていたバスケ部と違い、宇城くんの所属するサッカー部員たちは、まだ校庭の砂ぼこりの中を走りまわっている。

わたしの待っている教室に奏と凜子がきてくれるまでの数時間、こっそりカーテンの陰にかくれるようにしながら、サッカーコートを走るひとりの男の子を目で追っていた。

身長一七五センチは、高校二年としては高いほうだと思う。でもサッカー部はたまたま長身が多いから、体形としては完全に埋もれる。なのにわたしの目はその人サーチ能力にとっても優れている。

同じユニフォームを着こんだ選手がどんなに団子状態でボールを追っていても、恐ろしいほど的確にその人にフォーカスを絞ることができてしまう。

誰にも、それこそ一番仲がいい奏にも凜子にも、話したことはないんだけどね。

今、宇城くんとか多田山くんとか森本くんとか、クラスの真ん中でのびのび高校生活を送る男子と仲良くできるのは、幼なじみの奏がいつもわたしと一緒にいてくれるからだ。

奏は美人で明るくて竹を割ったような性格で、わたしの憧れそのままのような女の子だ。幼稚園から高校の今に至るまで、ずっとみんなの中心的な位置にいるせいで、自然とその手の男子が寄ってくる。

そうじゃなきゃ、わたしのように地味で目立たなくて、おまけに男子とまともに口もきけないような子が、放課後に男女のグループで群れる、なんて青春っぽいことはできない。

ただし、しゃべっているのは奏や凜子が多い。

奏や凜子の前でなら普通に話せるものも、男子がその輪に入るとたんに口が重くなってしまう。

それでも最近はかなり慣れてきた。自分でも目をみはる進歩だと思う。

だけどそれは、最初の頃、多田山くんや森本くんがさりげなくわたしを気遣って話を振ってくれたからだ。

このグループの男子は基本的に優しい。面倒くさい女子を面倒くさいとわかる扱いをしないでくれた。

おかげで今はとっても楽しい。学校にくるのが楽しみで仕方ない。

……実は他の理由も大きいんだけどね。


小さい頃からの性格形成に男子が絡んでいるのは間違いない。

面倒だっただろうに、わたしをからかう男子をいちいち蹴散らしてくれたのが奏と……小学校の五年まではもうひとりいた幼なじみの男子。

五年の時にその子と気まずくなってからは、奏ひとりがわたしを守ってくれていた。

もっとも、男子も高校に入ったとたんぐっと大人びてきて、今ではわたしが赤くなって口ごもることがあってもスルーしてくれる（宇城くん除く）。

だからこの日向坂高校も二年目になった今、わたしは少しずつ男子に対して免疫がついてきた。

きっと努力もある。わたしは高校に入ったら、奏の背中にばかりいるのはやめようと決めていたから。

そう自信を持たせてくれた、自分の殻をひとつ破ることができた出来事が、あの、高校受験のための模擬テストの時にあった宇城くんとのアクシデントだ。

その後、そのカンニング疑惑にまつわる悲しい事実も知ってしまった。

だけど自分に行動力が皆無なわけじゃないんだと、その時についた自信は揺らがなかった。それは果てしなく小さいものなのに、砕けないほど硬くてとても輝いている。自分の中のダイヤモンドだと言ったら言い過ぎだろうか。


「ほんとに宇城もねー、もったいないっちゃもったいないよね。あれだけイケメンなのにどうしてこうも常識に欠けるのか」

凜子がため息混じりに長い髪をかき上げる。バスケ部に出る時のツインテも好きだけど、さらさらの黒髪は凜子に似合っている。ちなみに奏はバスケをやる時はポニテだ。

「あたしちょっと多田山から聞いたことあるよ。あいつ宇城とめっちゃ仲いいじゃん？」

「うんうん、なに？　奏」

宇城くんの情報になると耳の通り道が倍くらいの太さになる。

「ちょっと波菜、そんなにギラついた目で迫らないでよ。キャラが変わってるって」

「そ……そんなことはななな、ないけど」

知らずに詰め寄っていたらしい奏からわずかに距離をとった。

「宇城の家ってすごい金持ちじゃん？　宇城、中学に入るまではアメリカで育ってるらしいんだよね」

「あー、だから数学も国語もできないのに英語だけできるわけね」

「それよ、凜子。英語がなかったらうちの高校は無理だったでしょうね」

宇城くんはここ日向坂高校に補欠で入学している。そんなこと黙っていればわからないのに、真正直に口にするからいつの間にかみんなが知っている。

「それで？　どうしてアメリカで育つと問題なの？」

たまらずにわたしは先をせかした。

「アメリカは移民の国だから、いろんな人種がいて考え方も個々に違ってもなんの問題もないみたいだよ？　人とズレてる宇城の考え方も個性だとか自由な発想ってことになってプラスに働くんでしょ」

「そうかー」

「波菜うっとりしすぎ！　その、顎の下で手を組んで上向くお祈りみたいなポーズやめなって」

「えっ？　そんなつもりはぜんぜん……」

わたしはさっと両手を下ろした。不覚！　気づかなかった。

「そこが日本ではちょっと問題でしょ？　宇城はともかく親はかなり心配してるみたいよ。

多感な時期をアメリカで過ごしたことによって、宇城の個性豊かすぎる本質が満開になっちゃったとかって」

なるほど。日本では常識というものも重視される。ユーモアがある、じゃ片づけられないこともあって宇城くんの型破りは特に女子には受けていない。

最初は外見が突出してよかったことで女子にキャーキャー騒がれていた。それが引き潮のようにさーっと後退していった。

一挙に学年中に認知されたのが、一年の初めの頃にあったオリエンテーション合宿だ。参加前に男子同士でした何かの賭けに負けた宇城くんは、私服が全部、ネクタイつきのスーツだった。クラス対抗のレクリエーションリレーはビジネスシューズで走った。

いくら約束とはいえ、まさか本当に実行するとは！　ふざけて賭けをした友だち含め、みんながみんな、唖然としてしまった。

宇城くんは人と感覚がズレすぎているために、男子の仲間内でもいじられキャラ的な部分がある。なのに、そもそものスペックが高いことと、本人が〝動じない気にしない〟を徹底しているから、かえって一目置かれ、軽く見られることはない。

非常に不思議な存在だ。

「アメリカか。でも確かにこれじゃーな」

手の中の携帯に視線を落とす。画像フォルダの中には、送られてきた宇城くんの自撮り写真。

そりゃ確かに宇城くんがやれば、タレントの写真集と同レベルの出来にはなる。逆にだからこそ、ネタにはなれない。

いくら芸能人なみにかっこいいとはいえ、彼はあくまで一般人。男子が自撮りってだけで女子は若干引くのに、こんなタレントばりのポーズで写真を撮るなんて！

人目にさらせば自分大好きナルシストが確定で、女子は間違いなく超ドン引きだ。

まあ奏と凜子が、これを人にふれまわることは絶対にない。

でももし他の女子が知ったら「見て騒ぐのはいいけど彼氏としては、ちょっとごめんなさいだわ」と敬遠される。

……わたし以外は、さ。

まさか自分が再びこういう感情を持つようになるとは思わなかったよ。

宇城くんがからかうために送ってきて、女子はドン引きするようなこの写真の束が、わたしには宝物になっている。

3 シンデレラのドレスは九十六時間

「ねっ！　波菜、行こうよ」

学校の廊下で奏がわたしの片腕に抱きついてぶんぶんと振り回す。

「そうだよー、こんなとこに泊まれるチャンス、二度とないかもー」

凜子がパンフレットと見まがう立派な冊子を開いて、中の写真にうっとりと見惚れている。

個人所有の別荘の案内冊子とは誰も思わないだろう。宇城家の持つ別荘だ。

業者でもないのに案内冊子があることにびっくり！　きっと親の会社関係の接待に使ったりするからなんだろうな。

「ねっねっ波菜お願い！」

奏は両手を合わせてわたしを拝むポーズをする。

「う……」

凜子が両手で開く冊子には、童話の中から抜け出てきたかのような白亜の豪邸が写っている。

ちなみに場所は、古くから日本人に親しまれてきた海沿いの温泉街にある。モナコでもニースでもコートダジュールでもない。

なのに建物だけ見れば、モナコにあると言われたほうがよっぽど納得できる。

「観光地からは、かなり離れたプライベートビーチに建ってるらしいよ？」

「プライベートビーチぃぃ？　そんなのほんとに日本に存在するんだ？」

プライベートビーチの響きに凜子は完全に食い気味だ。

「みたいね」

「モナコじゃなくて残念だけど、なんてそそられる単語！　ズレてるとこに目をつぶって結婚考えてもいいレベルー」

案内冊子を抱きしめ、うっとり目を閉じて凜子は天井を仰ぐ。

「いや、ねえ。結婚となるとさすがに宇城にも意志ってものが……。それに親が許さないでしょ。あたしたちみたいな庶民じゃさ」

「親なんて！　その気になりゃあ丸め込んでみせるわよ」

奏と凜子はまだ好き勝手なことを話している。

夏休みにわたしたち女子三人は、この宇城家の別荘にお招きを受けている。

男子は多田山くんと森本くんがサッカー部のない三泊四日で、ここに行くことがすでに決まっていて、わたしたち三人にも一緒にどうか、と誘ってくれているのだ。

この話を宇城くんは最初に奏のところに持っていったみたいだ。二人で肩を寄せあって冊子をひろげているところに二度遭遇してしまい、実はかなり微妙な気持ちになっていた。

それが結局、この別荘の話だとわかった時には不覚にも安堵してしまった。

なんだかんだで宇城くんと一番仲がいい女子は、奏なんじゃないかと思う。

「ねえ、波菜波菜っ！　あたし行きたいよー！」

「あたしもー！」

「う……。わかった。じゃあ行くって、返事、し、しようか」

実はわたしは行きたくない。

行けば自分の気持ちに拍車がかかることが目に見えている。

でもいままでお世話になりっぱなしの奏がここまで行きたがっている。理由はおおよそ見当がつくから断れない。

奏は、おそらく多田山くんのことを意識し始めている。

お金大好きな凜子が惹かれているのはあくまでこの豪奢すぎる別荘。だけど奏の場合、この計画に多田山くんが乗っかっていることが第一の理由だ。

そして宇城くんが、わたしたち女子三人とここの別荘で過ごす絶対条件として提示したのが、なんと島本波菜が一緒であること、だ。だからわたしひとり抜けることはできない。

「波菜、宇城にめっちゃ気に入られてるもんね。このままつき合っちゃえばいいのに」

「あたしもそう思うよ。文句なくかっこいいし。そりゃ性格はちょっとあれだけど、何より資産家だし大富豪だし金持ちだし最富裕層だしお金あるし札束……」

「……言いたいことはよくわかった凛子」

頭が痛くなってきて凛子の言葉を途中でさえぎる。

「でもさ、表の顔は王子で裏は腹黒、ってわけじゃないじゃん？　だからあたしも、かわいい波菜を宇城にならまあ任せてもいいかな、って思うんだよね。ズレてるだけで性格が悪いわけじゃないもん。ちゃんと波菜を大事にしてくれそう」

「どこがよ、奏！　わたしのことおもちゃ扱いしてるんだよ？　からかって遊んでばっかりいるんだよ？　今回だってわたしが行くことを条件にした理由は〝面白いから〟なんだよ？」

「宇城はガキだから、愛情表現が小学生の低学年通り越してまだ幼稚園児なみなんだよ」

「なにそれ、幼稚園児なみって？」

一応聞いてみた。愛情表現なんかじゃないんだけどな、宇城くんがわたしにちょっかいをだすのは。

「ほらさ。小学校の低学年男子は好きな子をかまいたくてもかまえなくて、愛情の裏返しでいじめちゃうじゃない。気を引きたくて筆箱隠してみたり、嫌がることをわざと言ってみたり。でも宇城のはそこまでもいってないんだよね」

「え？」

「幼稚園児は小学生ほどの羞恥心がまだ育ってないから、好きな子にひたすら独りよがりな愛情を押しつけちゃうのよ」

「どういうこと？」

「うちの良哉……弟ったらさ、大人に絶賛されるロンダートを、園庭にいる好きな子の目の前にとことこ出てって無言でやるんだよ？　連続で何回も。女の子、目ぇぱちくりさせちゃって……。あれ、絶対意味わかんないと思う」

ロンダートって、両手を地面について一回転、側転の体勢から最後は両足揃えて着地する、あれだよね？

奏の弟の良哉くんはまだ四歳。幼稚園の年中さん。四歳でロンダートができるなんてそれはすごい。姉に似て運動神経抜群だな。

だけど確かに、いきなりあれをやられたところで、女の子はぽかんとするだけだろう。

かっこいいアピールをしたいんだと、まわりの大人にはわかる。めちゃくちゃかわいいし微笑ましい。

だけど……。

「そのうち、ちゃんと言葉で誘ってきた男の子にその女の子はかっさらわれて、二人で行っちゃってさ。いいとこ見せようと頑張った良哉は、地べたにお尻と両手をついて走り去る二人を見送ってるの。もう……姉として憐れで憐れで」

奏はハンカチで涙を拭くまねをした。

「確かにそれは想像するだけで切ないよ」

「良哉と宇城はレベルが同じなんだよね」

「え？　どういうこと？」

「だからその、見当はずれの携帯画像だよ。モデルばりの、送られてきた数十枚の写真」

「………」

わたしは制服のスカートのポケットに入っている携帯を、上から押さえた。

「ね？　波菜だって理解できないでしょ？　でも良哉と一緒で、宇城は一番かっこいい、って人に言われたもので猛烈アピールしてるんだって」

「なるほどねー。あいつバカだもんね」

凜子がチャチャをいれる。

「別に宇城くんはバカじゃないでしょ？　そりゃ成績はよくないけど、機転が利くっていうか、瞬時の判断ができるっていうか……。とにかく頭が悪いわけじゃないよ」

「成績は『よくない』じゃなくて『究極に悪い』だね」

奏の言葉に猛烈な反論をする。

「だけど！　サッカーだと今のチームの司令塔みたいだよ？　あの計算された的確な指示は頭が悪かったらできないよ」

「計算っていうより野性の勘だって話だけどね。サッカー部でのニックネームが野獣だもん。有名だから波菜だって知ってるでしょ？」

「それってどうなのよー！　あんなきれいな男の子に対して野獣ってー！」

でも本人が全く意に介さないから、わたしなんかが文句をつける筋合いじゃないのだ。

さっきは計算だなんて言ったけど、宇城くんのパスまわしや指示は意表をつくことが多くて、確かにその瞬間その瞬間に頭の中でとっさに生まれる戦法、いやもう本能みたいに見えることがある。

だから野性の勘が鋭すぎて強い、手ごわい、って褒め言葉で校内からも校外からもそう呼ばれているのだ。

野獣っていかにも野蛮そうで、個人的にはあんまり好きな通り名じゃないけど。

だいたいわたしが苦労して入ったこの日向坂高校は、一応世間の評価では進学校だ。宇城くんだって補欠とはいえ立派に入試を突破しているわけで……。

「なんだかんだで、たいがい波菜も宇城のことになるとムキになってかばうもんね」

「そういうわけじゃない」

わたしはそっと横を向いた。

「まあいいや。決まりね、波菜。宇城に別荘は三人でお招きにあずかります、って、あたしから返事しとくわ」

奏が嬉しそうにまとめた。

「うん……」

「きゃーっ！　やったー！　三人で服買いに行こうよ。服！　こんな素敵な別荘なんだから、ラグピュアリーなドレスとか欲しーい！」

「ラグピュアリーじゃなくてラグジュアリーだよ、凛子。あーあ、やっぱあたしたちは所詮庶民よ」

大喜びする奏と凛子を眺めながら、複雑な気持ちになる。

とくに多田山くんのことが気になっているらしい奏にとっては、三泊四日もこんな素敵な別荘で一緒に過ごせるなんて、夢のようなんだろう。進展するといいな。

複雑なわりにはわたしも充分ウキウキしているか。

例えばきっと、奏が多田山くんに惹かれていなくたって、結局わたしは自分の欲望に負けてこの旅行をOKしてしまったような気がする。奏のせいにするなんてよくない。

でも奏は未来があっていいな。好かれる可能性があっていいな。

奏も凛子も、宇城くんがわたしを気に入っている、なんてお気楽な勘違いをしている。

そんなわけはないのだ。

かっこいいけど変わり過ぎている。彼氏としちゃありえない。

そんな声はどうでもよかった。宇城くんはわたしにとって絶対的なヒーローだった。

でも入学してから偶然知ってしまった事実がある。

宇城くんがわたしをからかったりちょっかいを出したりするのは、別に好きだからだというわけじゃないのだ。

あれは入学から半年くらいたった一年の夏休み明けだった。

クラスで仲良くしていた明美ちゃんがサッカー部のマネージャーをやっていた。その子から、わたしにとっては決定的なダメージになる話を聞いてしまった。

放課後遅く、ほとんどの部活が終わった時間、わたしは教室にまだ残っていた。奏のバスケ部が終わるのを待っていたのだ。

サッカー部の終わった明美ちゃんが、持ち帰らなくちゃいけない宿題を忘れて、それを取りに教室に戻ってきた。その時に聞いた話。

教室にはわたしと明美ちゃんしかいなかった。


「波菜、朔哉と中学の頃、模試で出会ってたんだってね」

「え？　……うん」

宇城くんが明美ちゃんに、二人しか知らないわたしたちの出会いを話していた。それだけでわたしの心は簡単にしぼんだ。

わたしは誰にも、奏にさえ話したことがなかったのだ。二人だけの思い出にしておきたかったから。

「朔哉に試験中、無理やり消しゴム貸したんだってね。それで事務室まで呼ばれたことがあるって朔哉がこぼしてた。それがお目付け役でもある父親の秘書にばれて、めちゃくちゃ怒られたらしいよ」

「え……」

「朔哉も引くに引けなかったのか、その後親と大ゲンカして大変だったんだってー」

「…………」

「その時のことでお父さんといまだに確執あるみたいだよ。波菜にしてみたらいいことしたつもりなんだろうけど、ずいぶん因果なことにかかわっちゃったもんだよね」

冷や水を浴びせられるとはあんな時に使う表現なんだろう。

わたしが大事に大事に胸にしまっていた思い出は、宇城くんにとって最悪なものだった？

あの時、葛西さんと呼んでいた女の人は、お手伝いさんじゃなくお目付け役の、父親の秘書だったんだ。

あの話を聞いてから、明美ちゃんと徐々に距離をおくようになってしまった。

廊下で宇城くんにちょっかいを出されるたびに真っ赤になって固まるわたしの気持ちを、明美ちゃんはうすうす察していたに違いない。なのになんのためらいもなく、わたしにとっては落胆の極致と言ってもいい情報を口にする。

明美ちゃんは、わたしを本当に友だちだと思っているんだろうか。その疑問に耐えきれなくなった。

とにかく、わたしが宇城くんに好かれているというのは、ありえない話なのだ。それどころか、実はいい感情を持たれてはいないんじゃないかとさえ思う。

宇城くんはさばけた性格だから、あからさまな意地悪はしない。

でも彼の潜在意識の底に、わたしのせいで親に怒られたとかその後大ゲンカに発展したとか、そういう事実は残ってしまっている。

だから自分でも気づかない嫌悪感の裏返しで、ちょっかいを出してくるだけなんだ。

今は友だち関係にあるわたしを、事あるごとにからかう。わたしが真っ赤になってあわあわしているのを見て喜んでいる。現におもちゃみたいで面白い、とよく言われている。

もう、それでいい。

宇城くんの彼女になんてとてもなれないけど、こうやって友だちとして側にいられる。充分すぎるくらい幸せ。身に余る光栄。

たとえ、本人さえ気づいていない嫌悪感を抱かれているんだとしても。

奇人だの変人だの野獣だのいろいろ言われている。確かに彼は変わっている。でもそれは宇城くんの人気あってこその通り名だ。

地味でおとなしくてなんの取り柄もない。たまに出過ぎたマネをすれば裏目にでる。当たって砕け散る権利もないわたしとじゃ、まるでつりあわない。

試験会場で消しゴムを貸した勇気を、苦手意識の強い〝男子〟から称えられ、自分の中で確実に何かが変わった。その子に高校で再会した。

消しゴム事件で親と確執の残るケンカを彼にさせてしまったと知った時には、もう想いはスタートラインを通過した後だった。引き返すことはできなかった。

あの事件が親との確執になったことをわたしが聞いてしまったと知らない彼に、今さら面と向かって謝ることもできないけど。

ごめんね、宇城くん。


テスト休みも終わった。赤点補講で連日登校だった宇城くん以外は、夏の旅行のことを考えながら楽しくテスト休みを過ごしたことだろう。そして無事に終業式も終わった。

「うっきゃーっ！　夏休みーっ！　ラグピュアリーでマダームなドレス買うぞー」

凜子が拳にした片手と、曲げた片脚を同時に空に突き上げる。

奏と凜子と三人で大きなショッピングモールにやってきている。

「ねえねえ、波菜、これとかめっちゃかわいいけど、男子的にやばいかな？」

奏は自分のことで精いっぱいで、凜子のラグピュアリーに突っ込む余裕もない。

「うーん……。奏にはとってても似合うけど、そこまでダメージの入ってるデニムは男子ウケはよくないような気がする」

奏の手にしているデニムのパンツは、上から下まで肌が丸見えレベルのダメージが入っている。もはや穴。これをめっちゃかわいい、と形容する感性がわからない。

手にしているだけだとそれはただのボロなのか？　って感じだけど、背が高くて手足の長い奏は、こういう古着っぽい着こなしがモデルなみにバリッと決まるのだ。それこそめちゃくちゃかっこいい。

ただ一般的な男子にこれがウケるのかどうかは疑問だ。人を選ぶファッションのような気がする。

「だよねー、今回はあきらめるわ、それじゃこっち――」

奏は素直にデニムパンツをラックに戻し、今のより穴が一個くらい少ない、似たような商品に手をかけた。

その手首を、凛子の手ががしっとつかむ。

「ダメだよ奏！　あの豪華な別荘思い浮かべてみて？　いつもの趣味は封印して、みんなでラグピュアリーでマダームを目指すんだってば！　ドレスよドレス」

「はいはい凛子お嬢様」

そういなして奏は、ちょっと場所を移動した。

さっきのダメージデニムとはかなりテイストの違う、胸元のふちがシースルーになっている真っ白いワンピースを手に取った。ノースリーブのミニワンピで、スカート部分はチュールが何層にも重ねてある。

「うわあ！　妖精みたい！　それめっちゃかわいいよ、奏！」

「あっそう。じゃ波菜はこれに決定ね。さすがにあたしはそこまで甘いのは勘弁だわ」

奏はハンガーごとそれをわたしの胸元に押しつけた。

「えっ。わたしだってこんなに甘いのは似合わないよ」

「めっちゃかわいい、って叫んだ時の波菜のテンションはホンモノだったね。こういうのが好きでしょ？」

「好き……だけど。さすがにそれも逆の意味で引かない？」

わたしは正直に言ったんだから、いくらかわいくても似合わない時は似合わない、無理なもんは無理とアドバイスしてほしい。それが女子同士で服を買いにくる最大のメリットでしょ。

「あたしには無理だけど波菜ならあり！　いつもと違うラグジュアリーテイストが今回のあたしたちのテーマでしょ？　波菜が好きじゃないならやめればいいけど、絶対似合うよ」

「う……」

かわいいと、少しでも思ってもらいたいかも。正直。

「どうする？　波菜。リゾートだからそこまで恥ずかしいことないと思うよ？　夕食の時とかもしかして必要になるかも」

「試着してくるね！」

「それにしても、凜子。それ、真面目にやってるの？」

後ろで奏の声がしたから、試着室に向かう足を止めて振り返った。

「ラグピュアリーラグピュアリー、マダーム！」

海外ブランドのショップ袋から紫色のバスローブを出して、目を閉じ頬にスリスリしながら呪文を唱える凜子。よっぽどうっとりして別世界に飛んでいるんだろう。

凜子はさっき、奏とわたしの忠告も振りきり、高校生にはとてもそぐわない店でなんと紫の花柄のバスローブを買った。

高校生に人気のナイトウエアのブランドだってちゃんとあるのに、そういうのじゃなくて、正真正銘のマダームブランドだ。間の悪いことに出店のセールをやっていた。

わたしたち三人（特に凜子）はテンションが大幅におかしい。

無駄に豪華な別荘の写真を目にしちゃったから、外国映画でしか観たことのない海外セレブの休日を脳内で勝手に繰り広げている。

帆布のパラソルが汐風に揺れるバルコニーでブランチ。プライベートビーチのデッキチエアでお昼寝。燭台の載った長テーブルで正装してディナー。

冷静に考えればそんなことはありえない。

でも出番はないかもしれないけど、持っているくらいはいいかもしれない。

気分だよね、気分！

わたしは手にした真っ白なミニワンピに視線を落とした。口元が自然ににんまりする。

どう考えても凜子のバスローブのほうが、もっともっともっと出番がない。

わたしと奏の前でそれを着て踊り、選択を間違った自分を呪う姿しか想像できないんだけど。

そうしてあっという間に当日がやってきた。
「お母さんいってきまーす！　メリーをよろしくー。エサの他にもコップのお水と小松菜切らさないでねー」
玄関じゃなくてリビングのドアを開けながら声をかけた。
「はいはい、大丈夫よ。楽しんできてね」

黄色いオカメインコを肩に乗せたお母さんが手を振る。

五歳になるオカメインコのメリーはわたしのはじめてのペットだ。世話全般はわたしがしているけど、たまにパートに出る程度のお母さんにも充分なついている。

放鳥時間が長いわが家では、「行ってきます」はリビングの扉だ。そこを閉めてからじゃなきゃ玄関のドアは開けられない。


特急で二時間の場所にある宇城くんの別荘にみんなで向かう。宇城くん、多田山くん、森本くん。奏、凜子、そしてわたし。

待ち合わせ場所の駅の改札で、なぜか隣に来てくれる宇城くん。またおもちゃだのなんだのと、からかわれるのかもしれないけど、それさえ嬉しい。

むら染めにしてヴィンテージ感を出した青いTシャツにハーフパンツという、なーんの変哲もない格好なのに、とてつもなく、半端じゃなく、もう言葉を失うほどかっこいいのだ。

くるぶしソックスの左右のラインの色がさりげなく違うのもめちゃくちゃかっこいいし、リュックのサイドファスナーを開けるファッションも、個性的で素敵すぎる。

ふくらはぎが発達しているせいで、いきなり細くなる足首の締まり具合が超超超セクシーで、倒れそうになった。

恐ろしい！　わたしって変態のケでもあったんだろうか。

「波菜、なんか……顔が赤いの通りこして、よだれ出てない？」

「そ！　そんなことは、な、ないよ」

「あーあ、朔哉。モノが落ちるからここのファスナー気をつけろって、いつも注意してんじゃん」

そう言うと多田山くんが、宇城くんのリュックのサイドファスナーを慣れた手つきでシュッとあげた。

「ケッケッ！　朔哉また靴下左右で間違って穿いてきてるぜ」

「げっ！　マジか？　今日だけは気をつけようと……。うるせえんだよ、駿平！　そこは黙っとけ」

指摘した森本くんのことを、宇城くんは足先だけで軽く蹴っ飛ばした。

……そうか。靴下もファスナーもファッションじゃなかったのか。

それでももうとにかく、私服姿の宇城くんが壮絶にかっこいい。友だちと笑いながら話す横顔が眩しすぎてドキドキする。

万が一こっちを向いてしまったら、あまりのまばゆさに眼球がつぶれてしまうんじゃないかと思った。ダメだ、クラクラするよ。めまいでひっくり返りそう。

「あー、波菜のぼせたの？　よだれどころか鼻血が」

「え！　こ……これは違うよ。ちょっと手にかすり傷があってそれが……あれ？」

奏の言葉にあわてて鼻を手首で押さえたけど、別に何もついていない。

手首から顔をあげて奏を見ると、舌を出さんばかりのいたずらっぽい表情をしていた。

やられた。もう冷や汗もんだよ。奏ったら見逃してよ。

こんなので三泊四日もつんだろうか。


特急電車の二時間もみんなでわいわいゲームに興じていたらあっという間。

窓の外の色彩は、どんどん緑と青の分量が増えてゆく。陽光がはじけ、きらきら、からギラギラに変わっていった。

ホームに降りるとたんに強烈な潮の香りが鼻腔をくすぐる。

こんもりとした緑の向こう側はもう海だ。ホームからもかすかにきらめく水面をおがむことができた。

「きゃーっ！　来ちゃったねー」

銀色の光を放ちながらふるえるように揺れ動くさざ波。うすくかすむ水平線。

「うんうん、素敵！」

夏で海で高校二年で好きな人が一緒！　わたしにとっては身の丈以上の青春だ。

「あれっ？」

「どうしたの？　波菜」

ホームの真ん中で立ち止まったわたしに、奏がいぶかしげな声をかけた。

「今の集団の中に……」

「今の集団？　あの人たち？　高校生だよね、きっと」

奏は、すれ違った私服姿の五、六人の集団を振り返った。同じくらいの年齢に見えたからたぶん高校生だ。

普段使いのリュック姿の子が多い。これからどこか近くに遊びに行くところなんだろう。

「……なんでもない。見間違いだと思う」

「そう」

洋くんに、似ていた。

小学校卒業を機に転校していってしまった幼なじみだった。同じ校舎で過ごすことがなくなってから四年以上。ほとんど話をしなくなってから五年がたつ。

うちの親と奏の親と洋くんの親はまだつながりが強くて、彼が引っ越してからもたまに会っている。

でもわたしも奏も、小学校の卒業式が洋くんに会った最後だ。引っ越しの時、わたしは会いに行くこともできなかったけど、奏はもしかしたら行ったのかもしれないな。

洋くんは、あんなに背が高くはなかった。見間違いだ、きっと。

第一、洋くんが転校していったのはこの地域じゃなかった。


「うわあ！　パンフレットで見たとおり！」

奏が感嘆の声をあげる。

観光用のビーチから離れた場所に、その白亜の豪邸はひっそりと建っていた。個人の別荘というよりは高級プチリゾートホテルのよう。

建物の前には白い砂浜が見渡す限り続いている。防風林になっている松林が道路との境にあるせいで、日本語の看板がどこにも見えない。建物が建物だけに、外国だと言われれば納得もできそう。

この豪邸とビーチを三泊もわたしたちが独占っ？

「う〜〜ん！」

横で凜子が直立不動の、その形のまま真後ろに倒れた。

「やっだー、この子ったら豪邸に興奮して鼻血が」

「それは出てない出てない。奏」

倒れた凜子を側にいた多田山くんとわたしで支えながら、奏を見上げる。

さすがの凜子でもそれはない。奏だって気分が上がっちゃってふざけすぎなんだよ、さっきから！

凜子はすぐに問題なく息を吹き返し、六人で巨大な玄関扉の中に入る。空間を贅沢に使った吹き抜けに凝ったシャンデリアが輝いている。大理石の玄関の床に自分の顔が映りそう。

ふだんから管理をしてくれている人がいるんだろう。無人の別荘なのに、掃除しなくても今すぐ使える状態だ。

「一階には居間とダイニングしかない。二階には吹き抜け囲んで客間は六つあるけどどうすっか。男女分かれて二つ使えばいいよな。ツインベッドだけど大きいソファはソファベッドにもなるんだよ」

「至れりつくせりだねー。幸せ！」

凜子が目を細くする。顔が溶けそうだよ。

「まず部屋に荷物置いて、それからどうするか計画たてようぜ。この三泊四日の」

「そうだな。朔哉」

多田山くんが宇城くんの言葉を受け、そこから六人で幅の広い階段を上る。

「ここの隣りあわせの二部屋が、一番眺めがいい」

宇城くんが並んだ二つの扉をちょんちょんと、指さした。

どちらが女子の部屋になるのか相談することもなく、片方のドアノブを下げ、つかつかと最初に中に入ったのは凜子だった。荷物をテーブルセットの椅子のひとつに投げ出して窓辺に駆け寄る。

「うっわーっ。見て見て！　目の前海だよ！　高級バスローブが似合いそうな極上の眺め」

「なんだその変な形容」

凜子が紫の花柄バスローブを買ってしまったことを知らない森本くんがそう返して、廊下に荷物を落として隣に並ぶ。

こっち側の部屋が女子部屋になったらしい。

宇城くんと多田山くんは隣の部屋を開けると、自分たちの荷物を放り込む。ついでに廊下に置いたままの森本くんのバッグも入れてあげてから、凜子のいる部屋に入った。

奏もわたしもそれに続いた。

「一部屋がめちゃくちゃ広いよな。六人入って、ここでゲームとかも余裕でできるぜ」

「そうそう、去年サッカー部の男ばっかで来た時は、三部屋の予定だったけど結局ひとつに集まったまま全員で雑魚寝だったしな」

懐かしそうに多田山くんと森本くんが話している。そうか、この二人にとっては知った場所なのか。

「部屋で遊ぶのもいいけどさ、せっかくだから浜で花火とか面白そう。できる？　宇城」

奏が凛子の隣に行って、真下のビーチを見下ろしながら宇城くんに話しかけた。

「俺らしかいないから始末さえきっちりしとけば問題ないな」

「きゃっほーっ！　やったー」

奏が隣の凛子と両手でハイタッチをし合っている。花火はマダームからかなり逸れそうだけど、そこはいいのか、凛子。

初めてこの豪邸に入った女子三人の最初の興奮が一段落ついたところで、宇城くんがドサッとベッドに腰かけ、口を開いた。

「だけどな。今日はいいとして、問題は明日からの飯なんだよ」

「ふむ」

奏も神妙な表情で向かいのベッドに腰かける。

今日の夕ご飯までは、おのおの電車に乗りこむ前に買ってある。

昨日までみんな部活があったから、朝早く出るのがかったるいと言って出発は遅かった。

あと数時間すればもう陽が落ちてしまう。

「おやじが接待に使ったりする時は、プロを雇ってここで料理作ってもらったりすんのな？　だから俺らじゃ使いこなせない本格的なキッチンがあるぜ？　乾物や缶詰なら少しはおいてあるだろうけど。ああ、あと米は好きなだけ使えって言われた」

「買い出し班決めなきゃだな。食料のおいてある店まで車で七、八分とかだっけ？」

「原付が二台あっただろ？　朔哉も駿平も免許持ってるもんな」

「ああ、あれ壊れて処分したらしい」

「嘘！　二台とも？」

「そう。二台とも」

「アシがねえじゃん」

「いや結人、そこは平気。自転車あるから。一台」

「じてんしゃあああ～？」

　そこで宇城くん以外、わたしを含めた五人の声がばっちり重なった。

　自転車……。しかも一台。

「か、かっこいい最新の電動アシスト？　それともＢＭＸ的な……」

　凛子がおそるおそる聞いた。

「いや普通のママチャリ」

凜子が微妙に落ちるのがわかる。この豪邸にママチャリがあることを信じたくないのだ。荷物もなにも載らないBMXのほうがまだ許せるんだろう。

「ママチャリであの距離を、六人ぶんの食料調達は厳しいなー。どうするよ?」

「いや。ここに置いてあるのは一台だけど、松林から公道に出るとこの物置に古いのが一台ある。たぶん」

森本くんの言葉にまた宇城くんが答える。

「すげえな。このへん全部私有地かよ」

「ってことは林道抜けるまでは二人乗りか二人で歩くかだな。でもマジで二台あってよかったよな。で? 誰が行く?」

多田山くんと森本くんに続いて、宇城くんが即答した。

「多少土地勘のある俺が行くしかないだろ」

「あとひとりは?」

「島本、行ってやったら」

多田山くんはわたしの肩を、どーんっと宇城くんの方向に押し出した。心臓が確実に飛び出しかける。

押し方が強くて危うく宇城くんにのしかかってしまうところだった。ベッドに座る宇城くんのすぐ横で、たたらを踏んでどうにかとどまる。

隣でドタバタしているわたしを、宇城くんは首をひねって見上げてくる。

「波菜、一緒に行く？」

宇城くんは、流れで自然にそう口にした。

いつもなら。いつものわたしなら、きっとここでネガティブに考えて尻込みしちゃう。

「行く！」

スイッチが入った。中学時代、宇城くんにはじめて会ったあの模試の時のように。

一緒に買い物に行こう、と好きな人が誘ってくれた。

せめてここにいる間だけは、王子様の招集には素直に応じよう。魔法の光線にだってみずから突っ込んでみせようじゃないか。

高校に入った時に、もう奏のうしろにかくれてばかりの女の子は卒業すると決めた。それなのに、いまひとつ行動に移せずにここまできてしまっている。

魔法のかかっている今こそ、それを実践するべきなんじゃないの？

「お、おう。波菜行ってくれるのな？」

「うん！　行くよ。いっぱい買ってこようね！」

いつもは困り顔をするわたしの、嬉々とした反応に、宇城くんのほうが腑に落ちない面持ちになる。

そんなわたしと宇城くんを見守る仲間四人が、微妙にニヤニヤしているのが気にならなくもない。多田山くんと奏は全く同じポーズで腕組みをして、したり顔までしている。

でも勘違いだけはしない。

宇城くんがわたしを誘ってくれたり、よく「おもちゃみたいでかわいい、面白い」と、かまうのは、好意なんかじゃないのだ。

「おもちゃみたいでかわいい、面白い」がどんなに恐ろしいものか、わたしは体験的に知っている。

次の日の朝。
昨日の夜にキッチンの食料庫を調べたら、思ったとおりパスタや缶詰の買い置きがあった。
だけど宇城くんが想像していたより缶詰だけがずっと少なくて、今日のお昼を六人で食べるには足りなそうだった。パスタとお米は充分あったけど、このままじゃメイン食材も野菜も飲み物もない。

朝から出てもなんだかんだで昼くらいにはなる、と宇城くんが言ったら、

「それから買ってきたものを仕分けして六人ぶんの昼飯の用意とか面倒！　ちょうどいいからお前らは二人で食ってこい！　昼飯の材料、四人ぶんならギリイケる」

ということになった。

かくして食料調達部隊のわたしと宇城くんは、お昼ご飯を外で食べてくることになった。

わたしは宇城くんの自転車の後部座席に、空っぽの巨大なリュックを背負って座っている。宇城くんが昨日、別荘の中をくまなく捜して発見した登山用のリュックだ。

腰に手をまわすなんて大胆なことはできなくて、サドルの下を両手でぎゅっと掴むのがやっとの状態。

宇城くんが、軽装！　軽装！　とにかくめちゃくちゃ軽装！　を主張するから、なんてことのないTシャツに、切りっぱなしデニムのショートパンツになってしまった。

もっと可愛い洋服だって持ってきていたのに。それこそあの真っ白妖精ワンピとか。

まあ、あれはどう考えても食料調達には向かない。

自転車を運転するのは宇城くんだけど、それは松林の中だけだ。わたし走るよ、って言

ったのに、ちょっとでこぼこ道を二人乗りがしてみたい、と返された。私有地だからこの松林は庭みたいなものなんだろう。

こんなことになるとわかっていれば、ここに来る前に死ぬ気でダイエットしたのにー。

「俺らは一日中、目の前の海で泳いでっからさ。朔哉たちも一日かけてゆーっくり買い物してこいよ。夕飯づくりからどうにかしてくれればそれでOKだからさ。もう七時でも八時でもぜんぜんいいから」

多田山くんが自転車にまたがる宇城くんにそう声をかける。

「じゃ、遠慮なくそうする。デートだぜ波菜！　ラッキー」

「う、うん……」

自分の首筋に血がのぼるのがわかる。七時とか八時なんて……そんなに遅くていいのかい。

デートだぜ宇城くん、ラッキー！　宇城くんみたいにふざけて口に出したりできないわたしは心の中でだけそう叫んだ。

うん、って素直に答えられただけ、自分の中じゃ大金星なんだから！

別荘の裏手はこぢんまりした防風林の松林。木の下には雑草の群生もすごかった。

夏、まっさかりの緑に輝く林道を、宇城くんと自転車で二人乗り。夢じゃないかと思う。

「おうっ？」

「うわきゃっ」

走り始めて一分。手を振るみんなが見えなくなった頃、石に乗り上げて自転車が大きく傾いた。

サドルの下を摑んでいるだけのわたしの身体は、宇城くんの背中からぶわっと離れて放り出されそうになった。気がついて宇城くんが慌てて自転車を止める。

「そんなとこ摑んでるから落ちそうになんだよ。もっと力入れて腹に手ぇまわせ！」

宇城くんがわたしの手首を握るとそれを引っ張って自分のお腹にまわさせる。

「えっ……」

「波菜、超真っ赤。もうその真っ赤になるおもちゃっぽいとこがたまんないんだよなー」

宇城くんは振り向くと、うつむいて頭から湯気を出すわたしをからかってきた。自棄気味の、謎の勇気がわいてくる。これも夏の魔法かな。

まだ真っ赤なはずの顔をあげ、唇を尖らせると宇城くんをにらんだ。わたしだって怒る時は怒るよ。あんまり舐めないでほしい。

「これでいいんだね！」

まだこっちを向いている宇城くんのお腹を、力を入れて両手で抱きしめる。

いきなりのわたしの行動にびっくりしたのか、きつく締めすぎて息がつまったのか、宇城くんはわずかに唇をあけて眉間にしわを寄せた。

黙りこみ、前を向く。その瞬間に見せた横顔は、何かに耐えるようなひどく苦しそうなものだった。

いつもふざけてばかりいる宇城くんの見たことのない表情に、わたしはあわてて手をひっこめた。そんなに、苦しかった？

……それとも嫌だった？

「……だから、ちゃんと掴まってないとあぶないだろ」

呟くようなその声音に、さっきまでのからかいの調子はみじんも含まれていない。初めて聞く宇城くんの低くかすれた、重い声。心臓がドキドキと急に主張を始める。

「うん……」

二人乗りでよかった。今のわたしの顔を見られなくて本当によかった。

ありえないほど熱くなっていく頬や首筋に、もしかしたらユデダコどころじゃすまないのかも、とひたすら下を向いていた。

力を入れて腹に手をまわせ、だなんて言われたけど、ひかえめに脇腹のあたりのシャツを摑むのが精いっぱい。胸の高鳴りもいっこうに止んではくれない。

そうこうしているうちに短い松林は終わった。

奥には宇城家の別荘しかないケモノ道のような私道から、舗装道路に出る脇に、物置小屋が建っていた。

宇城くんが鍵を開ける。そこには錆がところどころ浮いた自転車が一台、放置するように置いてあった。動かすと金属の軋む音がする。

「こんなんでもマジであってよかった」

「ほんとだね」

公道二人乗りは違反だ。

宇城くんがそっちの自転車に、登山用のリュックをわたしから受けとってまたがる。わたしは宇城くんがここまで運転してきた自転車のハンドルを握る。

「ちっさい店ならあと十五分くらい走ればあるんだけどさ。そこじゃなくて、ショッピングモールに行こうと思うんだけど、波菜イケるか？　たぶん三十分以上走る」

「うん。大丈夫だよ」

まだまともに宇城くんの顔を直視できなかった。

一度意識してしまうと、どうにもいつもの通りにするのが難しい。考えてみれば、学校でも校外でも二人っきりなんて初めてだ。

車の少ない林間の舗装道路をゆくこと三十五分。このあたりは別荘地みたいで、たまに宇城家のような豪華な邸宅があるものの、そこに生活の匂いはなかった。

だからこんなに最寄りのお店までが遠いのか。

到着したのは、巨大でおしゃれなショッピングモールだった。自転車置き場で歓声を上げてしまった。

「うわあ！　なに、ここって？」

「観光用のアウトレット。波菜、アウトレットって来たことない？」

「ない」

「そっか」

「へえ！　これがアウトレットかぁ！　すっごい素敵なんだね！」

わたしは好奇心むき出しであちこちを眺めまわした。

一応アウトレットがどういうものだかは、おぼろげにわかる。

ブランドの洋服で、シーズン遅れとか、なんらかの理由で正規の値段で出しにくい商品を安く売るお店？

最近は多くのブランドのアウトレットを集めたものを郊外や観光地に造り、それを誘致に使ったりもしているらしい。

海が目の前！　立地は最高！　建物は西部開拓時代のアメリカを思わせる佇まい。かすかな潮の香りにスイーツの甘い匂いが時おり混じる。

一階は広場並みに大きな空間をとった通路で、その両脇にはおしゃれな洋服のお店が並んでいた。上がベランダみたいに開放的な二階通路になっていて、そこにもお店が並んでいる。

しかしここに……。

「ここに食料品って売ってるの？」

「まあ微妙？」

宇城くんは登山用のリュックを自転車の前カゴから出して背負いながら答える。軽い普段使いの彼のバックパックを背負うのがわたしの役目みたい。

「え？　微妙なの？」

「地元の野菜直売所兼、スーパーみたいなのが近くにある。だって今日のメインは食料調達よりデートだもん。俺的に」

「え！　そ、そうなの？」

「当たり前じゃん。だから波菜に行こうって誘ったんじゃんか」

流れだったじゃんか！　と言い返せず、わたしは窒息寸前の鯉みたいに口をパクパクするだけだった。誘った、なんて単語が嬉しすぎて。

「…………」

ここで顔面に力を入れ、赤くならないように自分でストップをかける。

「うわー！　また波菜真っ赤！　おもしれえ」

自分の体なのに自分じゃストップはかけられないらしい。

「そ！　そうだね！　わたしも宇城くんとデートができるのが、すごく、ううう、嬉しい！」

「…………………」

宇城くんは急に真面目な表情になって口を閉ざした。

人間、学びもするものだよ！　思いきったことを言ってみたら……黙っちゃった。

からかってくるのをとめるためには、強気に出て宇城くんが想定していないことをやったり、言ったりするしかないんじゃないかと、そう考えた。

さっき自転車の二人乗りをした時、赤くなるわたしをからかった宇城くんに、自棄をおこして力を入れて抱きついた。そうしたら、あっさり黙りこんだ。

……でもどうして肝心なことを忘れていたのかな。

抱きついたあと、ひどく苦しそうな表情をし、わたしはそのことに傷つき落ち込んだんだった。嫌だったんだと悟って。

今も、からかうのはやめて口を閉ざしはしたけど、そのせいで変な空気になってしまった。

自分じゃデートだとかふざけるくせに、わたしに言われるのは愉快なことじゃないのかな。

「冗談だよ、宇城くん」

「……冗談かよ」

「ねえねえ！　あっちになんかかわいい食べ物売ってるよ？」

わたしはつとめて明るい声を出し、通路の真ん中に設置されている屋台を指さした。

今日は。今日一日だけは、うーんと楽しく過ごすんだ。宇城くんと二人っきりなんて、こんな機会はもう二度とない。

「もう食べるのかよ」

「甘いのは別腹だもーん」

「それはまず飯を食ってからのデザートのこと指すんじゃないの？」

「いいのいいのっ」

わたしは屋台に向かって小走りする。

「波菜、待てよっ」

宇城くんもついてきてくれる。

綿あめやチョコプレートやハートチップで飾ったアイスクリームパフェを、色違いで買った。透明の容器に入っていて中が見える。

ここまで派手でかわいいと、味が違うというより色が違うと表現したほうがしっくりくる感じ。形が複雑だからプラスチックスプーンをつけてくれて、それで食べる仕様だ。

「これが噂のインスタ映えするってやつか！」

「そうそう。インスタやってないけど」

二つのパフェを並べてわたしは携帯で写真を撮った。宇城くんとこうしていることが夢みたい。今日のすべてのシーン、一瞬一瞬を、ぜんぶ写真に残して帰りたいくらいだ。

「ほんとのインスタ映えとはこういうことを言うんだよ」

「えっ！」

宇城くんはわたしの肩が触れるくらいの位置にくると、胸の前でパフェ容器を持つわたしたち二人をカシャッと携帯におさめた。心臓が飛び跳ねる間もない早業。

そのあと彼は何食わぬ顔でパフェの上の綿あめにかぶりつく。

わたしはパフェを手に呆けたまま、そんな宇城くんをしげしげと眺めてしまった。

「食わねえの？　見かけ倒しかと思ったら意外に美味いんだけど」

「くっ！　食います！」

あわてて自分のパフェに向き直る。確かにかわいいだけじゃなくておいしかった。いままで食べたどのパフェより、断然おいしかった。


それからわたしたちは、広い通路の真ん中にいくつも並ぶ屋台を覗いてまわった。

屋台の上部から大量のネックレスが下がるアクセサリー店の前で、わたしは自然と足を止めた。海風にちらちらと揺れる輝きに目を奪われていると、背の高い宇城くんが、一本の鎖を器用に外して取ってくれた。

わたしの手の中に鳥を模ったネックレスが落とされる。

「え！　すごいね、宇城くん。どうしてこれが気になったってわかったの？」

「エスパーだから？　波菜の脳みそめっちゃ単純」

「うそっ！」

すごすぎ！　どれを凝視していたのかがわかったの？　サッカー部で敵の視線の先を読む力が培われているから？　宇城くんは野獣と呼ばれる司令塔だ。

「これね。いくら？」

デニムのハーフパンツの後ろポケットから出した長財布を開きながら、宇城くんは店員さんに、視線でわたしの手の中のネックレスを示す。

「二千五百円です」

「宇城くん！　いいよ。悪いよそんな。お金出してもらうなんて」

「でもすげーものほしそうな顔してたもん」

「えっ？　そんなこと、ないでしょ！　確かにめちゃくちゃかわいいけど」

「だろ？　ほしいんだろ？」

「ほしい……けど」

お小遣いがギリギリだし。わたしの感覚じゃかなりお高めだし。買うという選択肢はなかった。

「きねん！　な？　ただの記念だよ。俺が買いたいの！」

「うん。ありがとう」

宇城くん、お金持ちだな。やっぱりここは夢の国なんだ。今日だけは素直に甘えよう。記念。そう、わたしにとっては一生の記念になる。

袋に入れてもらうことを辞退し、直接手渡されたネックレス。わたしはそれをその場でつけようと、鳥のヘッドをTシャツの前に垂らしてから両手を首の後ろにまわした。うま

く金具が留まらない。

手間取っていたら宇城くんが背後にまわって手伝ってくれた。わたしから両方の鎖の先端を受け取る時、指と指が触れた。触れた場所から全身に電流が走るようだ。

宇城くんが、好きだ。大好き。


それから何軒かわたしたち世代の洋服を置いている店をまわった。

わたしは今日は買う予算を持ち合わせていない。気になる服を手に取って眺めたりはしたけど、値札を確認することはなかった。

宇城くんはたぶんお小遣いをたくさん持っているだろうから買うのかな、と思った。でも宇城くんのほうも、値札はひっくり返したりするものの、商品をレジまで持っていくことはなかった。

好きな人の服の趣味を間近で見られるって楽しい。

男女両方の服を置いている店を出たところで、途方にくれたように宇城くんがため息をついた。

「わりとするな。アウトレットでも」

「そうなの？」

わたしは値段を見ていないからな。

「もっとめっちゃ安いのかと……お？」

「え？」

「なんだ？　あそこは！」

宇城くんの視線の先には、ワゴンに洋服が山積みになっているおしゃれな屋台があった。広い通路の中央に設置されている。

「異色だね。このおしゃれなアウトレットで。安いのかなー？」

「行ってみようぜ」

「え？　うん」

答える前に、もう宇城くんは走り出していた。

「うわお！　安い！」

「ほんとだ！　それにかわいいよ？　これとか」

わたしは白無地に赤いロゴが入ったTシャツを、ブンッと勢いよく持ち上げた。ワゴンには五百円均一の文字が！

「シンプルだな。波菜そういうのが好きなんだ？」

「うん、わりと。でもこれ、普通に買うとすごく高いブランドだよね？　B級品なのかも」

「そうなんだ？　俺そういうの疎い」

わたしの持っているTシャツのロゴを確かめると、宇城くんは猛烈な勢いでワゴン内を漁り始めた。声をかけるのもためらわれるほど夢中で掘り返すこと五分。

「やったー！　あったぜ！」

わたしが持っていたTシャツの紺色バージョン、サイズはLを、満面の笑みで握りしめていた。

「…………」

え？　何この展開。まさかと思うけどペアで買おうとか言ってくれ——。

「こっちも五百円だってよ」

今掘り起こした紺色のTシャツをわたしの手に押しつけると、今度は隣のワゴンに移動した。無造作に取り上げた山のてっぺんの商品を、わたしにつきだしながら聞く。

「波菜、サイズいくつ？　ちょっとこれは俺、わかんねえ」

いや、わたしのほうがもっとわかんないよ。

そのワゴンには女の子用のショートパンツやミニスカートが積まれているだけだ。男子用はない。

「いや……え？　どうするの？」

「念のため一応な。さすがに持ってこいとは……。お！　これかわいくね？　波菜に似合いそう」

「……！」

手にしていたのは、ふわふわした水色チュールのミニスカート。

宇城くんと一緒の旅行に舞い上がり、血迷って買った妖精ワンピに似ている。あれの色違いスカート部分だけのようなデザインだ。

「これにしようぜ。使わないことを願うけど。波菜、サイズって何？　お前チビだし細っこいからSだよな？　ジーンズみたいに細かいサイズ展開じゃないのか」

「え？　か、買うの？」

「まーな。S？　M？」

「……S」

「じゃ、これでOKか」

ひとり納得し、わたしの手から白いTシャツと紺色のTシャツを奪い取ると、今選んだチュールスカートとともにレジの前にいる店員さんに渡した。

「う、宇城くん」

お財布を取り出そうとあわててリュックの中に手をつっこむ。宇城くんのリュックだけど、登山用のほうを開け閉めするのは面倒で、わたしのお財布はこっちに入れてある。

パニックしちゃってみつからない。だってTシャツのほうは、あ、あきらかにペアなんだもん。大きさからいって、紺色のほうは男の子用だと思う。

なにかの勘違い？　今見ているものは幻想か、妄想か、願望が見せる怪奇現象か！

変なぬか喜びをわたしにさせているわけじゃないよね？　これって、例えば誰かへのおみやげだとか……。

期待なんかしたくないのに、これじゃむくむくわいてきちゃうよ。あとで突き落とされるのは真っ平なのに。

お財布なんかみつかりやしない。それもそのはず。震える手でリュックの中を引っ搔き回しているだけなんだもん。

意味不明に詰め込まれているバスタオルが邪魔すぎなんだけど。

「あ！　あった！　宇城くん、わたしのぶん、払うから」

やっとみつけたお財布を手に、宇城くんのところにすっとんでいった時には、彼はすっかり支払いを終えてポップな柄のショップ袋を提げていた。

……どうして男子は長財布を後ろポケットにいれるのよ！　スられるよ。

「そろそろ飯だな。どっか行きたい店あった？」

展開が早い！　今度は飯？

「宇城くん！　飯じゃなくて！　今……」

「あっちの看板が飯エリアかも」

彼はショップ袋を手に、すぐ近くの看板のほうにスタスタと歩き出してしまった。

「………」

買ったペアのTシャツはやっぱりわたしと宇城くんのものじゃないんだろうか。

さっき、下がっているネックレスを取った時は、記念に俺が買いたい、と意思表示してくれた。お会計の後では、わたしがつけるのを手伝ってもくれた。

でも今のTシャツとスカートは、わたしに買った、とは言ってくれていない。

宇城くん、妹がいるし、やっぱりおみやげなのか。

わたしは胸に下がっているネックレスのヘッドを握った。これで充分すぎるくらい充分じゃない。波菜のよくばり！

宇城くんのいる看板のまん前まで小走りで近寄る。彼が目を凝らす、アウトレット内のレストランを写真つきで紹介しているその看板に、手のひらをつけた。

「さっきこれ買ってもらったから、ここはわたしが奢りたいです！　宇城くん、どこがいい？」

鳥のネックレスに触れながらふりむいたら、あまりに顔が近くてドキッとした。

やだな、また赤くなっちゃう、からかわれちゃう、と一瞬考えたところで彼がふいに顔をそらした。

「……奢るとか生意気な！」

宇城くんにはめずらしい、照れ隠しみたいな弱気な声が返ってきた。

「ありがとう、って感謝の気持ちです！」

「じゃ、俺が、ここがいいとか言いはったらどうすんだよ？」

いっちばん高そうな焼き肉店の写真を指した。

「そこは普通に無理。えーとね。大丈夫そうなのがここかここか、うーんと、ここも……OKかな」

十以上店舗が入っているわりに、高校生のお小遣いでイケそうなところは少ない。宇城くんはお金持ちだから、一番高そうなあの焼き肉店でも入れちゃうのかもしれないけど。

でも。

半日このアウトレットで過ごしただけの感想なら、宇城くんの金銭感覚は、わたしたち一般の高校生からそうかけ離れているようには思えなかった。感覚が違ったら、俺が高級焼き肉店にするとか言ったらどうする、なんて質問はでてこない。

親があんなにすごい豪邸を別荘にするようなお坊ちゃまなのに、宇城くん自身はいたって普通だ。

そうじゃなきゃ、わたしのほうだって「ネックレスのお礼に奢る」なんて言えない。

ここに来てから、感覚の違いを突きつけられることもなくすごく楽しむことができた。すごくすごく楽しかった。

「ふーん。そことそこことそこ、かあ。波菜はどこがいいの？」

「ここの選択権は宇城くんにゆだねたい。お礼だから」

「んー、マジで？　じゃ俺ならここのバーガー屋がいいかなー。波菜、苦手じゃない？」

「バーガーが苦手な高校生はいないでしょ？　一番安くてラッキーなくらい」

「お！　見ろ！　この一番人気のカツコロバーガーはランチタイムスタートから限定五十食！　まだ間に合うかも」

宇城くんが、一瞬わたしの手を握り、引っ張るようにして走り出す。その手はすぐに離された。

走ると夏の海特有の潮の匂いが強くなる。二人ぶんの靴音が、平日でそれほど混んではいないアスファルトに高く響く。

一瞬だけ摑まれた手がとても熱かった。今日一日で宇城くんへの熱が、行き場のない想いが、確実に上がってしまった。

うまく思い出に昇華できる自信がない。

地図を覚えていたわたしが先にその店への階段を駆け上がり始める。

「波菜、そっちでよかったっけ?」

「え?」

勢いよく振り向くと、風が肩までの髪をさらっていった。

逆光で眩しいのか、宇城くんが目を細め、奥歯を噛みしめる。たまに目にする彼のその癖は、苦しそうでわたしまでが切なくなる。

「やっぱこっちでいいのか」

「え?」

勝手に結論づけ、早口で呟くと足を止めたわたしの横を、宇城くんが一段抜かしで駆け上がっていった。

「波菜の髪、まっすぐでさらさらだな。俺、染めてなくてパーマとかかけてない髪の毛、けっこう好きかも」

足がアスファルトに貼りついたまま、動かなくなる。

「おお、すげー！　波菜のアタリじゃん！　あそこに店あったわ」

二階の通路まで上がった宇城くんは、まだ階段の途中にいるわたしに笑いかける。せっかくの笑顔なのに、わたしはうまく応えることができなかった。

その後二人で入ったバーガーショップは、わたしたちの住んでいる街にはない店で、かなり新鮮だった。お値段はちょっと高めだけど、内装が明るくポップでアメリカっぽい。行ったことはないけどイメージで。

よく知るチェーン店のバーガーショップよりずっと素敵なお店なのに、わたしは変にドキドキしてしまい、味も雰囲気も楽しむ余裕がなかった。もったいなさすぎる。

手にしたハンバーガーの具がズレまくり、ぐちゃぐちゃになってスマートに食べられない。ハンバーガー屋もＯＫ枠に入れたことを少し後悔した。

それでもどうにか会話もはずんだ。

二人とも食べ終わり、レジでお会計。宇城くんのほうがたくさん食べたからと、わたしが奢るはずがワリカンで押し切られた。

「じゃあ戻るかー。帰りに寄り道したいとこがあんだよね」

「えっ？」

「なんで？　寄り道しちゃダメ？」

「いや。ダメとかじゃなくて！　わたしたちの今日の一番の目的は食料調達だよ？　六人ぶん！」

「お？」

「お、じゃないよ！」

「そうだったそうだった。じゃ、速攻調達してくっか。すぐそばだから」

宇城くんがすっかり遊びに来ただけみたいな気分になっている。

こういう抜けているところがみんなに突っ込まれる最大の要因なんだ。でも今のわたしには、それが嬉しすぎて胸が押しつぶされそうだ。


地元の直売所に小さなスーパーがくっついているようなお店で、食料を調達して帰路につく。

珍しい野菜がいっぱいだったし、何より安くてびっくりした。みんなからは二千円ずつ徴収したけど、デザートや飲み物まで買ってもかなり余った。

しかし、その量たるや……。パスタやお米だけなら別荘に大量にあったから、それを使わせてもらうことを考えても、六人残り二泊ぶんの食料となるとかなりの嵩になった。

品物をぎゅうぎゅうに登山用のリュックに詰め込んで宇城くんが背負う。

「うわ、めちゃ重」

「大丈夫？　それ、自転車の前カゴに入んないよね？　分割してわたしのとこにも入れるよ」

「おう、頼むわ。これな」

リュックの他に両手にスーパーのレジ袋を二つ持っていて、そのうちのひとつを差し出された。

ぜんぜん軽いよ。中身はビーチでするための花火だけだ。

もうひとつ持っているほうが、自分の自転車の前カゴ用だろう。宇城くんのほうの古いママチャリには前後にカゴがついている。

宇城くんは重いとか、そういう感想は素直に口から出るけど、文句は言わない。

それぞれの自転車に乗って来た道を戻る。

朝早くに出たことと、アウトレットで時間を使ったわりに食料調達は速攻で済ませたせいで、まだ三時にはなっていなかった。

宇城くんの口にした「寄り道」が、どうか長くかかってくれますように。

期待できるかな。スーパーがサービスで用意している氷を大量に使って、ビニール袋に肉や魚を詰めていた。

そのうち前を走る宇城くんの自転車は幹線道路から横道にそれ、来た時とは違う大きな林道に入っていった。

寄り道ってこのあたり？　わたしはその背中に続く。

「おー！　ここだここだ」

「えっ」

目の前にあらわれたのは、木材やロープを組んで遊具にしたアスレチックだった。しかもただのアスレチックじゃなくて、ひとつひとつが巨大な池の上に配してある。

「すげーだろ？　面白そうだろ？　水上アスレチック！」

「…………」

げげげ。わたし、う……運動神経が……。

これ、宇城くんだけがやるってこと？　わたしにも一緒にやろうって誘っているの？

目的がここみたいだからわたしは仕方なく自転車を降りた。駐輪場に二人とも自転車を入れる。

置きっぱなしにするわけにいかないから、リュックもレジ袋も持って行く。

「行こうぜ波菜。水にばんばん落ちるやつがいるから、コインロッカーがあるんだよ。荷物はそこにいれる」

「ば……！　ばんばん……？」

見ると子供が小川にかかる丸太の橋をすいすい進んでいく。揺れてスリルはありそうだけど、ロープの手すりがあるから、さすがに落ちないでしょ。落ちている子はいないもん。

ばんばんは大げさだよ。うん、きっとそうだよ。

宇城くんにうながされてロッカーの場所に行った。時間が時間だから遊び終わった子供たちもいっぱいいる。足元を見ても多少濡れている程度だ。水にばんばん落ちた形跡はない。

大丈夫って、ことだよね？

ロッカーに荷物を入れながら無言になるわたしを、宇城くんが覗き込んできた。

「これ子供の頃からやっててめっちゃ楽しい。波菜、やだ？」

そこでわたしはぷふっ、と吹き出してしまった。遊んでいるのは小学生ばっかりだよ。高校生になってまでこれがやりたいと思うところが、なんだか宇城くんらしい。

「やじゃないよ！　楽しそうだよね！」

すれ違った親子連れが全身びしょ濡れなのは、この際見なかったことにしよう。
精巧に造ってあるアスレチックだった。遊具はもちろんだけど、雰囲気がすごい。
大河をイメージしたうねる流れに沿って、両側には大きな木が鬱蒼と枝を広げている。
次の遊具までは見えたり見えなかったりだ。

まるで本物のジャングルの奥地にいるような錯覚さえ生まれちゃう。

だからなのか、ちらほら本格的な装備をした大人の姿が見える。最初は子供の遊び場だと思っていたけど、それだけじゃないのかもしれない。

「最終コースはガチな岩登り」

わたしがその大人の人たちを不思議そうに目で追っていたからか、宇城くんが説明してくれた。

「なるほど」

一番目の丸太のつり橋は、大河から分かれた小川にかかっていた。初心者コースの文字に安心する。

そこをひょいひょいと渡る宇城くんの背中を眺めながら考える。食料調達に来る時、軽装軽装！って騒いでいたのは、最初からこれを一緒にやろうとしていたから？

運動神経が人より格段にないわたしだけど、宇城くんの軽々とした足さばきに見入っていると、自分もイケるんじゃないかと思えてくるから不思議だ。めちゃくちゃ楽しそうなんだもん。

丸太と丸太の間隔は広いけど、つり橋だからここじゃさすがに落ちない。

「宇城くん、速いよー」

不器用に跳ねながら急いで宇城くんを追いかける。

実際、すごく楽しかった。小学校の遠足で、大きな公園で遊んだわくわくを身体が覚えているような懐かしい感覚に包まれる。

意外に早く追いついてきたわたしに宇城くんが心配そうな声を上げる。

「波菜、そんなに急いで大丈夫か？　滑るぞ？」

「平気平気。手すりのロープがあるもん」

「お前、運動苦手だろ？」

「へへへっ。そこはばれてたんだ？　でもこういうのは好きなのかもね！」

宇城くんと一緒だからこんなに楽しいのかな。

板と板を超鋭角に合わせて屋根の形を作り、ロープをかけただけの難易度高めの遊具があった。そこを乗り越える時は、宇城くんが先に登って手をかしてくれる。

水上からにょっきり出ている切り株の上を渡る遊具は、上に丸太が組んであってそこからロープが下がっていた。ロープにつかまりながら切り株に足を載せれば落ちることはない。

楽勝楽勝、たのしーい！　二人で童心にかえってはしゃぐ。

……でもだんだん雲ゆきがあやしくなり、気がつくとわたしの靴はかなり濡れていた。しかも次のはたぶん、かなりの難関。

「いけるか？　波菜？　俺が先に行くか？　ここは一緒ってわけにいかないからな？」

「う、うん。大丈夫。宇城くん先に行って」

「俺のを見てまねしろ」

水上に丸太でできた小さないかだが十数個浮いている。つかまる場所はない。宇城くんはいかだをぴょんぴょんと飛んで難なくクリア。向こう岸に渡る。

「な、なるほど。かかか、簡単じゃななない」

自分に言い聞かせてから、えいっと最初のいかだに乗り移る。身体が前に傾く。勢いでそのまま次のいかだに乗り移る。

怖いなんて思っている暇はない。ただ必死で次のいかだその次のいかだ、とジャンプするだけだ。

「やばっ」

宇城くんのいるむこう岸まであと二つ、という場所でわたしは大きくバランスを崩した。落ちる！　と目をつぶった時に、傾いたわたしの身体がその方向から何かに押され、正常な位置に戻された。

「えっ？」

今ぶつかったの、何？　けっ、けもの？

「波菜、しずむぞ。あと二つだ。そのままつっ走れ」

向こう岸じゃなく、なぜか後ろのいかだから宇城くんの声が聞こえた。

どういうこと？　と考えながらも目の前の危機に身体は反応し、わたしはいかだからどうにか向こう岸に着地した。

わたしのすぐあとに宇城くんがジャンプしてくる。

「宇城くん、ありがと」

状況はすぐに理解できた。

わたしが水に落ちそうになった時、宇城くんは同じいかだに乗り移ってきて、下から押し上げるようにぶつかった。一瞬でわたしの体勢を正常な位置に戻すと、自分はそのまま後ろのいかだにジャンプした。

同じいかだに二人がずっと乗っているのは不可能だ。

「野獣だ！」

「うるせえよ」

宇城くんがわたしの頭に手を置いてぐっと下げた。すぐ離されたから顔をあげ、肌についた髪の毛を払いながら感嘆する。

「すごすぎ！」

「サッカーはぶつかられても倒れちゃいけないの！　部でめっちゃ体幹鍛えさせられるんだよ」

「それにしたってすごいよ」

「……ほら次どうするよ？　ここでギブアップ？　次なんかあれだぜ？」

動いたから上気したのか、ほんのり頰に血がのぼる宇城くんがかわいい。

「ん？」

宇城くんが指さす先を見てぎょっとした。

「うえっ？　なんであんなものが！」

「ここからが上級者コースだってよ」

「今のが上級じゃないってところからして意味がわかんないんだ……けど」

あれが上級なら確かにいかだ渡りは中級かな。

目の前にある遊具は、いわゆるターザン。

身体の反動を使って大きくロープを揺らし、水の上に浮いている小さな小さな島に乗り移る。島全体を覆うように巨大マットが敷いてある。とりあえず、どんな体勢でもいいからあそこに転がり込めばいいんだろう。

イヤーな感じがするのは、この遊具は小学生が禁止なこと。泳げない方はご遠慮願います、とわざわざ案内が出ていることだ。

一応泳げる部類に入るんだろうか？　クロール的なものを十メートルって。

「う、宇城くん、どうするの？」

「やるよ。俺、これめっちゃ好きだもん」

「…………」

「波菜は？　ここでやめてもいいんだぜー？」

ニュアンスが、微妙にばかにされているような気がして、わたしはムキになった。

「やるよ。平気です」

「ここの池は足が立たねえんだよーん」

「平気だもん」

根拠のない闘志がわいてくる。のも、嘘じゃない。

だけどこれに挑戦しようと決めた一番の理由は、おそらく、かなり不埒なものだ。

このアスレチックで何度も宇城くんに助けられた。手を貸してくれた。

いかだのところでわたしを助けてくれた身のこなしなんてまさに王子様。いや、身のこなしは野獣なんだけど、助けてくれているという行為はまぎれもなく王子様スタンスだ。

本心は、王子様な宇城くんが見たいという……。今日一日だけは、王子様に助けられるお姫様でいたかった。

あさましすぎるぞ、波菜！　と思わないでもない。……ごめんなさい。

宇城くんが、高い位置にある足場からロープにつかまって水の上を華麗に渡る。なんの問題もなく、すごーく簡単そうにマットに着地する。たいしてバランスを崩しもしない。

「なーんだ。意外に簡単なのかも」

わたしは伸ばした手を、反対の腕の曲げた肘でホールドして身体をねじるストレッチをしながら決意する。

甘ったれたことを考えていないで、ここはひとりで踏ん張るぞ。

第一、このターザンで、どうやって宇城くんに助けてもらえるんだ。さっきのいかだ渡りとは状況がまるで違う。

やぐら状に組まれた足場を登り、係の人が渡してくれるターザンロープを掴む。

何度も繰り返しちゃうけど下は水。池だ。藻で真みどり！　足が立たないほど深いらしい。

こういうのは時間をかければかけるだけ恐怖心が増すはず。

わたしはロープをしっかり握りしめると思いっきり足場を蹴った。


届け！　宇城くんの待つ島まで。

風をきる音が耳に心地よく響く。傾きかけた陽の光が、水面にはじけてきらきらと舞う。

あたりは優しいピンク色。

世界は、今までもこんなにもきれいだったんだろうか。


「波菜っ！　ロープを離してこっちに飛びこめっ！」

「あう、ロ？」

変な感傷に浸ってタイミングがズレた？

宇城くんがマットの先端でわたしに向かって大きく両手を広げてくれている。

それなのに。

水面下……！　だった。

鼻から草の匂いのする水が大量に入ってくる。目の前には濁った暗緑色の世界が広がっていた。重たそうな泡がいくつも浮上していく。

わたし池に落ちたの？　え？　なに？　足がつかないんだけど！

意識が遠のく中で、わたしは必死に水上に顔を出そうと手足をばたつかせた。身体が上がってくれない？　どうして？

勢いがついていたからきっとすごく池の下のほうまで潜っちゃったんだ。

え？　わたし、死ぬの？　こんなとこで？　でも最後の日が、宇城くんと……一緒だったのは……嬉しすぎる……。だけど……宇城くんにはまた……迷惑……。

頭が白く濁っていく中で、誰かに身体を強く抱きしめられたような気がする。飛びかけた意識が引き戻されるくらいに強く強く。苦しいくらいに身体が締めつけられる。

ああ、水の中だから苦しいのは当たり前……なのか。一度は戻った意識も……長くは……続きそうに……ない。

お父さん、お母さん。いままで、こんなわたしを育ててくれて、ありがとう……。

「波菜、波菜っ」

「え……？」

「はーなっ。波菜ってばよ」

「……うん」

天国だ。天国がどんなにいいところでも行きたくない。だってそこにはわたしの大好きな人たちがいないから。特に……。

「宇城、くん……」

「なんだよ？　聞こえてるぞっ」

熱っぽい手でわたしの手を揺さぶる人は、宇城くんその人なのだ。

その人にとって、特に思い入れの深い人物は、クローンか何かで用意しておいてくれる親切仕様なのかな、天国って。だったら——。

「天国も、そんなに悪くはないのかもね」

「天国とか縁起(えんぎ)でもねえことほざくんじゃねえよ！」

そこでわたしの頭がパコンと叩(たた)かれ、正気に戻される。

「え？　宇城くん？」

わたしは上半身を起こした。

「他(ほか)に誰がいるんだよっ。心配させやがって」

「えっ？」

まわりを見回すと、さっきまで一緒にアスレチックをやっていた公園だった。

池のほとりから少し離れたベンチでわたしは横になっていたらしい。急に吹いた風にぶるっと身を震わせる。全身びしょ濡れだった。

「わたし、やっぱり池に落ちたんだよね？　どのくらいここで気を失ってたの？」

「三分もたってない。今このベンチに寝かせたとこ。脈も呼吸も正常だけどびしょ濡れだし、呼んでも起きなかったら医務室にかついでくつもりだった」

そういう宇城くんもびしょ濡れだった。

「宇城くん！　助けてくれたの？　もしかして池に飛びこんでくれたの？」

「当たり前だろ！　もともと俺が誘ったんだし」

でもあのターザンを無理じいしたわけじゃない。やると決めたのはわたしだ。

「……ありがとう」

「いいよ。行こうぜ。向こうにシャワーも更衣室も完備だからさ、ここ」

そんなに落ちる人が多いってことか。それじゃそこまで恥ずかしいわけじゃないのかな。

「気がつきましたか？」

若い男の人が寄ってきた。

「はい。もう大丈夫みたいっす」

ここのアスレチックの名前が入った派手な黄色のTシャツに、ライフガードのマークが入った腕章をしている。

たまにこういう格好をした人を見かけた。これだけ深い池がある本格的なアスレチックだ。ガチな岩登りもあるって聞いたから、こういう人たちが常に見まわっていてくれるんだろう。

でも、わたしを助けてくれたのは宇城くんなんだ？　ライフガードの人たちが気づくより早く、池に飛びこんでくれたってこと？

「じゃ、シャワー浴びて着替えてください。それでも気分が悪いようでしたら医務室をお使いくださいね」

わたしたちに笑いかけるとライフガードのお兄さんは立ち去った。

「着替え？」

そんなの持って来てないんだけど、二人とも。

「じゃじゃじゃーん！」

宇城くんがわたしの前にぴらりと見せたのは、さっき荷物を入れたコインロッカーの鍵だった。

「えっ？　どういうこと？」

「ちゃんと買ったじゃん！　アウトレットで二人ぶんのTシャツと、波菜のスカート。あのスカートマジでかわいかったわ。やったぜ、早く見たい」

「！」

あの五百円のTシャツ！　ペアで買ったのかと最初は喜んだのに、宇城くんがなにも言ってくれないから、最終的にわたしはかなり凹んだ。

「行こうぜ。波菜」

自然に出された右手に一瞬戸惑い、でもわたしはそれを握り返した。

「うん」

ベンチから引き起こされる。アスレチックでさんざん宇城くんに手助けしてもらったから、手をつなぐことへのハードルがぐっと下がっているんだ。

宇城くんは、そのまま手を離さなかった。引き上げてくれただけじゃなく、ロッカー室に急ぐ間もずっとわたしの手を握りしめ続けていた。

お願い。無駄な期待をさせないで。

君の心の奥の、ずっと底にある感情がなんなのか、わたしはもう知っている。だからどうかこれ以上期待はさせないで。

われながら矛盾だらけだなと思う。

今日一日だけはお姫様でいたいなんて願ったくせに、ちょっと踏み込んだ行為をされると勘違いしてしまいそうで怖くなる。今度は期待させないで、と念じる。

自分の中で、抑えても抑えても湧き上がってくる期待が怖い。とってもとっても怖いよ、宇城くん。

わたしの手を引き走ってゆく無駄な肉のない背中。冷えて硬い手のひら。水浸しで貼りついたTシャツのせいで、はっきりわかる筋肉の動き。

わたしにとって。

すべてがどうしようもなく。

男子だった。


売店で、お互い下着だけは買った。男子のハーフパンツだか水着だかが店内のラックにいくつもかかっているのを横目に、宇城くんに背を押されるようにして更衣室に向かう。

宇城くんは自分のリュックからバスタオルを二枚取り出し、そのうちの一枚を渡してきた。

「使わないですむならそれに越したことはないと思ってたけどよ」

いたずらっ子みたいに片側の口の端をあげて笑う。わたしったらそんな彼にもときめいてしまうという……もう完全に末期だ。

こわばった表情でお礼を口にし、バスタオルを受け取る。そこからは男女分かれて更衣室に入った。

脱水機があったから濡れた服は一応それにかける。脱水してももちろん乾くわけじゃないから、宇城くんがアウトレットで上下の服を買ってくれたことは大いに役にたった。

わたしの運動神経が、壊滅状態に近いことを見こされていたんだと思うと、それはそれで複雑だけど。

ドライヤーで髪をかわかしながら考える。わたしの服は上下買ったけど、宇城くんはTシャツしか買っていない。

ハーフパンツは濡れたままだ。それで自転車を漕ぐのか。脱水したとはいえ、気持ち悪いだろうな。どうして自分のぶんは買わなかったんだろう。

更衣室を出ると、売店前のベンチに座り、宇城くんが所在なさげに携帯をいじっていた。

わたしに気づくと視線をあげた。

「おお！　波菜、やっぱそれ似合うじゃん。めっちゃかわいい！」

「宇城くん、濡れたままのハーフパンツで自転車漕ぐのよくないよ。いくら真夏でも風邪ひくかもよ？」

「そんなヤワじゃねえよ。脱水してタオルで拭いたらかなり乾いた。撥水加工っぽいの、穿いてきてるもん」

用意中東！　とかわけのわからないことを呟きながら出口に向かう。ああ、用意周到って言いたいのか。

単純な言葉の思い違いが多くてみんなにバカバカ言われるのも、もはやわたしにとっては魅力以外の何ものでもない。

「ねえ、このTシャツとか全部買ってもらっちゃったんだからさ。売店で宇城くんのも買おうよ。これはわたし買うから――」

ハーフパンツがいくつもかかっているラックの前で、商品の値札に動作が止まる。

高い！　なんだこれ！　わたしのお小遣いじゃ無理！

よくよく確認すると、けっこうなスポーツ系ハイブランドだった。

「な？　そこの売店たっけーだろ？」

「……うん。アウトレットでわたしのは買ったのに……」

「ちょっと小遣いが危うかった。いいよ。俺が無理に波菜をここに連れてきたようなもんだろ？」

「……ちがうよ」

「ん？」

「楽しかった。わたしもここに来たかった。無理に連れて来られたわけじゃないもん」

宇城くんは鼻で笑うようなシニカルな表情をした。こういう顔は、彼にしては珍しく
……ううん、初めて見るものかもしれない。

「池ドボンしたのに？」

「うん。楽しかったよ。すごくすごく楽しかった！」

意地になったようにそうくり返すわたしに、宇城くんの唇から皮肉っぽい笑みが消えていく。

「波菜が池にはまるかもな、ってそれ前提で俺、服まで買ってたんだぜ？」

「わたしが池に落ちたら助けるつもりで、自分の服も買ってるじゃない」

即答するわたしに宇城くんはかすかに戸惑い、一瞬黙る。

「波菜どうした？　今日はやけに強気じゃんか」

更衣室を出てすぐの緑の多いコンコースで、ペアのTシャツを着た男女が、対峙して真顔でしゃべっている。道行く人の好奇の視線がプスプス刺さるよ。

きっとまわりのみんなには、彼氏彼女に映っているんだろうなと思うと、嬉しくて誇ら

しくて、幸せすぎた。

「八月とー、豪邸の魔法じゃないかなー」

きっとこの旅行が終わったら解けちゃうよ。わたしは宇城くんの横を通り抜けながら、鼻歌を歌うような軽い調子で答えた。

そのまま宇城くんのリュックを背負って食料レジ袋をひとつ持ち、自転車置き場に向かう。重い登山用リュックはすでに宇城くんが背負っている。

うしろから足音が聞こえないことを不審に思って、わたしがふりかえるのと同時に宇城くんが口を開いた。

「……波菜」

いつもと違う、どこか弱気な声音だった。

「なに？」

「あのさ」

「うん」

「えーと、その、……だな」

「うん」

「俺と、つ………」

そこからしばらく黙るから、どうしたのかと小首をかしげて先をうながした。一瞬きゅっと唇を嚙みしめると、宇城くんはダッシュでわたしのとなりに来た。

「なんでもねーよっ。ここ景色もきれいだろ？　一緒に写真撮っとこーぜ！」

いきなり肩を寄せてきてピースサインを作る。

「え？　う、うん」

突然の申し出にわたしがまごついていると、カシャッとシャッターを切る音がした。ポケットに携帯はいれていたらしい。

「ラッキー。波菜とツーショット、またゲットしちゃったぜ」

そういえばアウトレットでも撮ったな。

画面を見て子供みたいに喜んでいる。前にわたしに、大量に自撮り写真を送ってきて、奏や凜子にドン引きされていたことを思い出し、まったくどこまでが冗談なのかわからない人だな、と苦笑いがもれる。

「宇城くん、それちゃんとわたしにもちょうだいよね！　アウトレットで撮ったほうもね」

「ほしいわけ？」

「ほしいよ。記念だもん」

「だーよな！」

自転車置き場の方向にふざけながら走っていく。

「走るの、速いー!!」

肩ベルトが長すぎて、ずり落ちそうになるリュックを担ぎ上げながら追いかける。

「そっちのリュックのほうがずっと軽いじゃん」

「かよわいもん」

そこでクスッと宇城くんが笑う。

「なに?」

「今日の波菜、俺にぽんぽん返事してくれるよな。いつも、ちょい引いてるっつーか……もしかして怖がられてるんじゃないかと思ってたから、めっちゃ嬉しい」

そんなことを考えていたんだ。

引いていたかもしれない。これ以上好きになるのが怖かった。確かに君は怖がられているんだよ、反対の意味で。

わたしと並んで宇城くんは自転車にまたがる。すぐ発進しないで手元でなにかやっていた。どうしたんだろうと、横から覗き込もうとした時、わたしの携帯からピロンと着信の合図があった。メッセージアプリだ。

「送ってくれたんだ。ありがとう」

さっき二人で撮った写真だった。ペアのTシャツを着て画面に収まるようにくっつき、宇城くんは笑顔でピースしている。突然だったけど、微妙とはいえちゃんとわたしも笑顔だ。よかった、あんまり変な写りじゃなくて。

アウトレットで撮ったほうも、わたしにしてはおおむね合格点でよかった。


水上アスレチックのあった水辺は自然の林に囲まれていた。舗装道路じゃなくて林道でこぼこ道だ。

でもけっこう道幅は広かったし誰もいなかったから、自転車二台、ほぼ横並びで走った。

夕方の海風や自転車に葉っぱが当たる音。車輪の回転音。鳥のさえずり。林の向こうからはアスレチックをやる子供のさわぎ声が聞こえてくる。

「波菜」

「なに?」

静かじゃない中で、前を向いたまま宇城くんはかすかな声でささやいた。

「俺がさ、前に大量に送った自撮りって、どうした?」

不思議と宇城くんの声は聞き取れた。

「持ってるよ。決まってるじゃない」

「そっか」

　そこから宇城くんはもう口を開くことはなかった。

　暮れかかり、西の空だけが鮮やかな赤い光を放っている。重なり合う葉のふちから漏れだす鋭い輝きは、まるでルビーのようだ。

　わたしは来た時よりも、ずっと宇城くんの近くを走ることができるようになっていた。

　わたしたち二人に寄りそう沈黙が優しいのは、きっと気のせいなんかじゃない。

4 おもちゃのチャチャチャ

防風林の松林にできている宇城家の別荘へ続く小道。そこまであと少しというところで、パスンという不穏な音がして前をいく宇城くんの自転車が大きく傾いた。

倒れる寸前に宇城くんはさっと降り、自転車を支える。

わたしも急ブレーキをかけて追突しないように止まる。

「どうしたの？」

「パンクだな。なんか踏んだっぽい」

「そうか。ここまでたどりついててよかったよね」

「マジだな。遠かったら悲惨もいいとこだったぜ」

わたしと宇城くんは自転車を引いて歩き始めた。宇城くんが前でわたしが後ろ。

別荘が多いから車はそれほど通らないけど、公道を自転車二台、並べて歩くのはあぶなかった。

別荘まで歩いても十分はかからない。ほんとに不幸中の幸い。

前から、ヘルメットまでかぶったフル装備のロードバイクが走ってきた。わたしたちの使うママチャリとは違う、走行性の高い自転車だ。

宇城くんがその人に道を空けるように林のほうに寄った。わたしもそうした。

わたしたちとそのロードバイクがすれ違ってから、すぐ後ろで、キュッとブレーキがかけられる音がした。

「もしかして、……波菜？」

「えっ？」

自分の名前を、知り合いなんかいないこんなところで呼ばれて仰天した。

「やっぱり。俺だよ。洋介」

その人は、ロードバイク用のヘルメットをとった。見知った懐かしい顔があらわれる。

「……洋くん」

ここの別荘地の駅を降りた時、洋くんを見かけた気がした。やっぱりあれは洋くんだったのか、とわたしは身をかたくした。

洋くんは道の端に自転車を止めて、つかつかとわたしのほうに歩いてきた。

「駅で波菜と奏っぽい子を見かけたんだよね。友だちが一緒だったし、波菜たちも大勢で遊びに来た雰囲気だったから声、かけなかった」

「わたしも……洋くんかな、って一瞬思ったけど。こんな関係ない場所で、しかも地元っぽい友だちも一緒だったでしょ？　地元の高校生かと、思った」

「俺、小学校の入学前はこのへんに住んでたから幼なじみがいるんだよね。別荘あるし、親の実家があって親戚も多いの。何年かに一度は帰ってた。昨日だよな？　あいつらと映画観に行った」

「そうだったんだ」

「波菜、今、楽しそうだね。高校の友だち？　彼氏、だとか？」

洋くんは宇城くんのほうに視線を移した。

「こんちは。波菜の高校の友だち、宇城です。このへんの別荘にみんなで遊びに来てて、俺と波菜は買いだし係」

宇城くんが笑みも浮かべず自分たちの関係を簡潔に説明した。

「篤嶋洋介です。波菜の幼なじみ。親同士が仲良くて今でも行き来はあるよ。奏の家ともね」

わたしが紹介するまでもなく、お互い勝手に自己紹介をし合っていた。二人ともかなりフレンドリーなほうだと思うのに、二人ともに笑顔がなかった。

今ここで、こんなタイミングで、洋くんに会いたくなかった……。

「波菜行こうか。みんな飯、待ってるぜ」

「そうだね。じゃあ、あの……洋くん、また機会があったら」

「おう、またな。波菜」

宇城くんが帰ることを切り出すと、至極あっさりと洋くんはロードバイクにまたがった。走り始めてから一度振り向き、軽く片手をあげてから去っていった。

わたしは複雑な気持ちで後ろ姿を見送った。

洋くんと、ごく普通に、何事もなかったかのように会話ができたのに、そのことをそれほど喜んでもいない自分に驚いていた。


もう、ぜんぜん恋愛感情は残っていない。

幼すぎて、あれが恋愛感情と呼べるものだったのかどうかも、今となってはわからない。

ただひとつ、洋くんはわたしに大切な勉強をさせてくれた。

あの頃洋くんがわたしに頻繁に使っていたセリフを、わたしは今、宇城くんからもかけられている。だから、それに期待するべき意味が全くないことをよく知っている。

「えらくさわやかな野郎だな」

宇城くんは、褒め言葉とは裏腹の、珍しく皮肉っぽい口調で言い放つ。そして顔をしかめながらママチャリのペダルに足をかける。

「そうだね」

わたしの言い方にも毒が含まれちゃったんじゃないかと心配になる。特定の男子に対する冷え冷えとした感情を、宇城くんにだけは見せたくなかった。

わたしたち二人は、公道から宇城家の別荘への小道を入った。そこにある物置小屋にパンクした自転車をしまい、もう一台の自転車に二人乗りをして帰路に就く。

後部座席で登山用のリュックを背負い、宇城くんの腰につかまる。

……できれば、今日一日だけは、二人っきりで遊んだ幸せな記憶のまま終えたかったな。

宇城くんにとっては、洋くんに会ったことなんかとるにたりないことだと知っている。

でも、わたしにとってはそうはいかない。

パンクをして洋くんに出会うまでの、言葉はなくても満ち足りていた宇城くんと二人の帰り道。一瞬のみごとなグラデーションで、空気の色が優しいピンクから重苦しい鉛色に変わってしまった。

わたしが話さなくなったからか、宇城くんも何も言わなかった。さっきまでとは真逆だ。

今の沈黙はどうしてこんなに苦しいんだろう。

沈黙って案外雄弁なんだな、なんて……こんなところで二律背反の発見。

「やっだー！　やっぱり二人、そういうことになっちゃったんだぁー？」

空気を読まない能天気な声があたりに響いた。

「はい？」

別荘の自転車置き場で奏とでくわした。

手に濡れた水着を持っていたから、今日の海水浴で使ったそれを裏庭に干しに来たんだろう。

奏の言う「そういうこと」にはすぐ思い当たった。わたしと宇城くんがペアのTシャツを着ていたからだ。

前から奏には、宇城くんがわたしのことを好きだのなんだのと勝手な推測をされている。そこにきて二人で遠出をしたら、ペアのTシャツを着て帰ってくる。そりゃそう思われるのも仕方のないことだ。

全く違うのに。これはただ、このTシャツが五百円だったから。

アスレチックで池に落ちることが絶対だと思われていたわたしと、それを助けなくちゃならない自分に、できるだけ安いTシャツを買っただけ。

「違うよ、奏。このTシャツにはいろいろわけがあって。簡単に言うと安かったからなんだけど」

「またまたぁー。そうやってると、まるでわっかーい新婚夫婦だよ。ペアのTシャツ着て二人してスーパーのレジ袋提げてさあ。一緒に夕飯の買い物に行きました、って雰囲気ぷんぷん！」

しっ！　新婚っ？　ううう……宇城くんとわたしが、しんっこんっ……！

があああああっと、すさまじい濁流のごとき速さで血液が、首筋から頬にのぼっていくのがわかる。ダメだわたし。いつも以上に顔が真っ赤だ。やばいやばいやばい！

さっきまでの重苦しい雰囲気をぶちやぶる陽気さで宇城くんが言い放った。

「うっわー！　見た？　前原。波菜、真っ赤っか！　めっちゃ俺のこと意識してるじゃん。こういう顔がかっわいいの！　おもちゃみたい！　マジで精巧にできてるおもちゃ！　かわいすぎる！」

おもちゃみたいで、か、わ、い、い。おもちゃみたいで……かわいい。

宇城くんにしょっちゅうしょっちゅう言われている。なにも今初めて聞かされたセリフじゃない。

だけど実は……実はこのセリフはわたしにとって槍なのだ。他の人が言うにはそれほどでもない。まあそうかもね、程度にとらえてスルーできる。

だけど宇城くんだから。宇城くんの口から出たそのセリフは、いつだって埋もれた記憶と化学反応をおこして槍の形に変わるんだ。わたしの心はいままでだって充分引き裂かれてきたよ。

でもわかっていることだし、期待もしていない。心の耳をひたすら閉ざし、その言葉をシャットアウトする。そんなことができないほど子供じゃない。もう慣れっこだ。

だけど今は。今だけは、

「おもちゃじゃない……」

無理だった。

「は?」

「わたしはおもちゃなんかじゃない!」

「波菜?……え……?」

叩きつけるように叫んで、宇城くんを正面から睨みつけた。

いままでだってさんざん同じセリフを口にしてきたのに、わたしがいままでとはまるで違う反応をするから、宇城くんは眦がさけるほど目を見開き、凍りついた。

涙があふれてきそうになって、わたしは慌てて顔をそらした。踵を返し、その場から走り出す。

「波菜待って！　待ちなさいってば！」

奏の言葉が追ってくる。

自分がどこをどういうふうに走っているのかわからない。

「待って波菜」

わたしの腕が摑まれる。全力疾走なんか、体育祭の時くらいしかしない帰宅部女子が、バスケ部キャプテンの足にかなうわけはなかった。

「か、奏」

わたしはようやく自分を取り戻し、止まろうとしてたたらを踏んだ。過呼吸になりそうで、両膝に両手をついて肩で息をした。

「波菜……」

奏の声にさっきまでのからかいの調子はみじんもない。そこにあるのは昔からよく知っている、親友を心配する時の戸惑いの声音だった。

「………」

「波菜、まさかと思うけど、まだ気にしてるの？　あんな子供の頃の——」

「帰る途中、洋くんに会った」

「えっ？」

「このへんに洋くんちも、別荘持ってるらしいよ。小学生以前はここに住んでもいたらしい」

「ああ……そういえばそんなことをママから……。って違うよ、波菜。宇城と洋介は違う」

「違わなく、ないじゃない」

奏はわたしにかける言葉を探しているようだった。


奏と洋くんとわたしの関係は、難しい。

奏とわたしは、ものごころつく以前から友だちだった。近所で、奏の親とうちの親の仲がよくて、いわゆる公園友だちみたいな感じだったのだ。

幼稚園に入る前、親が子供を公園に連れて行って遊ばせる。それをきっかけに親同士も仲良くなる。奏とわたしは二、三歳くらいからの友だちなのだ。家の行き来も多かった。

小学校一年の時に洋くんの家、篤嶋家が、わたしたちの家の近所に越してきた。

今ではその片鱗もないけど、洋くんはその頃、ガキ大将の男の子にすぐ泣かされてしまうような、あんまり強くない子だった。

越してきた頃の洋くんは、飼っていた犬のマリモだけが友だちだったのだ。

活発で運動神経もよく、正義感の強い奏は、洋くんを守るようになった。

まだ頼れる友だちもいなかった洋くんのお母さんにも、子供つながりで奏の親やうちの親が声をかけた。

実際大人三人も相性がよかったんだろう。すぐに意気投合して休日には三家族でバーベキューをする仲になった。

奏、洋くん、わたし。親も含めた家ぐるみのつき合いの始まり。

それが、奏と洋くんとわたし、三人の悲しい三角関係の始まりでもあったのだ。

洋くんは、わたしたち二人と同じ習い事をしたり学校が終わってからも遊んだりする傍ら、ひとり空手道場にも通い始めた。

小学校一年の時は身長もクラスで一番小さかった洋くんだけど、空手で身体を動かしよく食べるようになったせいもあるのか、その後すくすくと成長した。

五年生の時には、身長はクラスで三番目くらいに高くなっていた。その頃にはもう、学校内で表立ってわたしたち三人が仲良くすることはなかった。

やっぱり洋くんは男子なのだ。ふだんは男友だちと行動をともにするようになっていた。

それでも、小さい頃からのわたしたち三人の仲は切れなかった。

最初は子供の関係から始まった奏と洋くんとわたしの母親、そのつながりも切れることはなかった。

誰かの誕生日、クリスマスパーティーにハロウィン、忘年会。事あるごとにみんなで集まって騒いだ。

そして、わたしは、いつの間にか、洋くんを好きになっていた。幼すぎてその感情を恋だと呼べるのかどうかはわからない。

でも、転校したての頃はわたしと同じように奏に守られてばかりいた洋くんは、いつの頃からか、わたしを守る立ち位置に変わっていた。

自分にはできないことを、この男の子はした。それがわたしにはとても眩しかった。

その洋くんが小さい頃から何かにつけて言っていたセリフが、「波菜はおもちゃみたいでかわいい」だったんだ。

わたしは赤面症で男子にからかわれることも多いのに、洋くんだけはそれをかわいい、と言ってくれた。本当にしょっちゅうしょっちゅう、まるで言い聞かせるように繰り返してくれた。

おもちゃみたいでかわいい、と。

今、わたしが宇城くんに言われているように。

わたしは、完全にその頃、「おもちゃみたいでかわいい」というセリフを自分に都合のいいように解釈（かいしゃく）してしまっていた。

当時爆発（ばくはつ）的な人気を誇（ほこ）ったコケティッシュなアイドルのキャッチコピーが「愛すべきおもちゃ」だった。おもちゃとは、人から愛される存在。

あれは小学校五年の後半。洋くんの家で長く飼っていた犬のマリモが亡（な）くなった。十三歳まで生き、老衰（ろうすい）だったのだと後から聞いた。

見たこともないほど洋くんは打ちひしがれた。ご飯も食べなくなった。幼い頃、洋くんにはマリモだけが友だちという時期があったのだ。

洋くんの近くにいることしかできない自分が情けなかった。少しでも悲しみを取り除きたい一心で、

「わたしがいるよ。洋くんにはずっとわたしがいる」

と告げてしまったのだ。

それが、われ知らずした人生初の告白。

結果から言うと、完全なる玉砕（ぎょくさい）。わたしの恥（は）ずかしすぎる勘違（かんちが）いとして幕を閉じたのだ。

洋くんは不思議そうに目をまんまるにして、それから、それはできないよ、と顔をそらした。

「俺とずっと一緒にいるのは奏だって決めてるから」

それでわたしたち三人の関係はジ・エンド。

奏はわたしを泣かせたと怒りまくり、洋くんを許すことはなかった。

わたしが、「おもちゃみたいでかわいい」というセリフを、自分勝手に解釈しただけにすぎなかったのに。洋くんまでもがとばっちりをくって失恋する羽目になってしまった。

そして小学校五年のその時期を最後に、わたしたちは集うことがなくなった。

小学校を卒業。それを機に洋くんは遠くに引っ越すことになり、同じ中学には通わなかった。

わたしたち三人の関係はこわれた。奏とわたしは、洋くんが越してくる前の二人に戻った。

今でも思うのだ。

奏のほうも、実は洋くんのことが好きだったんじゃないかな、と。奏と洋くんは、両想いだったんじゃないかな、と。

わたしが独りよがりな思い違いをしたばっかりに、あの二人は想いを告げ合うことができなかったんじゃないのかな、と。

もっと利口になろう。物事を自分のいいほうにばかり考えず、客観的に判断しよう。

幼いながらもその教訓はわたしに染みついた。


「ねえ波菜。まだ洋介のこと気にしてるの？　洋介の口癖だった『おもちゃみたいでかわいい』っていうのと、宇城がよくそうからかってるのは、根本的にぜんぜん違うよ？」

「どう違うの？　『おもちゃみたいでかわいい』はおもちゃとして見てる、ってことだよ。人間の女の子としてかわいいと思われてるわけじゃない」

「違うよ、そうじゃないって波菜。洋介はどうだったのか……。とにかくガキだったから。ああ、宇城の精神年齢も小学生なみか」

「ほらね？　おんなじなんだよ」

「違うって！　宇城のは完全に照れなんだよ。照れてるだけ！　宇城はもう、不器用が服着て歩いてるようなやつじゃない。完全にアプローチのやり方を間違えてるよね」

「別にそんなんじゃない」

「自撮りを送りつけたりとかだって別にナルシストなわけじゃなくて、お前の武器は顔だ、こうしろ！　こうすればうまくいく！　みたいに煽られると単純すぎて信じちゃうんだよ」

「そんなことないよ。あれはわたしが遊ばれてるだけだって」

「『おもちゃみたい』ってつけるのはさ、恥ずかしくてただ『かわいい』とは言えないんだよ」

「違うよ。わたしが赤くなった時だけじゃない。かわいいなんて言うの。おもちゃみたいでかわいい、って言うの！　つまり普通にしてる時は別にかわいくもなんともなくて、すぐ赤くなるのがおもちゃっぽくてかわいいってことでしょ？　別にわたし自身をかわいいと思ってるわけじゃない」

「ちーがーう！　ちがうちがうちがう！　宇城の波菜を見る目は、いつでもどんな時でも、かわいくてかわいくてたまらない！　っていう……恋をしてる目だよ」

「ばかな」

「あれでも宇城はめちゃくちゃ純粋だからね？」

「……恋をしてる時の目なんて、奏よくわかるよね」

それは知っている。

「は？」

「……ごめん、奏。わたしずっと引っかかってた。奏と洋くんは、本当は両想いなんじゃ……って。わたしが、わたしが……洋くんを好きになったから三人の仲が――」

「波菜ちょっ……！　黙って！」

「………！」

奏の視線の先にわたしも目をやり、そして、動けなくなった。

そこに、大きな木の横に、宇城くんが立っていた。わたしと奏の後を追ってきたんだろう。

宇城くんは驚愕としか言い表しようがないような引きつった表情をしていた。それが徐々に徐々に力を失い、強い悲哀の色を帯びる。

優しい人だってわかっている。自分が何気なく使っていた言葉が、わたしを傷つけていたことを知ってしまった。

おもちゃみたいでかわいい、ってセリフが、ただわたしに昔あった苦い出来事と重なってしまっているだけで、宇城くんにはなんの非もない。

「宇城く……」

宇城くんは表情を失い蒼白のまま、身をひるがえした。何もないところで一度つんのめって転びそうになり、それから走り去った。

「あーあー。もうなんだって……。間が悪すぎだよ」

奏は額に手を当てて空を仰いだ。

「そうだね」

　わたしは自分の靴先に視線を落としながら呟いた。

「たぶん波菜の言う、そうだね、は意味違う」

「え？」

「あいつ完全に勘違いしたよ。波菜に、いまだに引きずるほど好きな相手がいるとかなんとか」

「そこまで宇城くんはわたしに関心がないでしょ」

「あーもう、どうして二人とも……。結人から聞いてはいたけど」

　奏、いつの間に多田山くんのこと、結人なんて呼ぶほど仲よくなっていたんだろ。

　わたしは、無理やり意識を宇城くんから引き離そうと、頭をかかえる奏のことを考えようとした。あんまりうまくはいかない。

　怒濤の二日目が終わる。

　食料調達係で今日海に入れなかったわたしと宇城くんは、夕飯作りをしなくていいことになった。

　料理は森本くんが得意らしく、彼を中心にわたしたちが買ってきた食材でじゃかじゃかとご馳走ができあがっていく。キッチンからはコーンスープやデミグラスソースのいい匂いが漂ってくる。

洋食だな。ここの洋風な食堂の雰囲気に似合いそう。

わたしは今キッチンに入ると大きな失敗をしそうだった。食堂にある、横に十人くらい並んで座れそうな長テーブルをひたすら拭きながら、ご馳走の完成を待っていた。

すごいテーブルだな、それ以前にほんとにすごい食堂だな、と感心しちゃう。

奏や凜子とここに来る前にマダムだのセレブだのと騒いでいたけど、まさかその想像によく似た雰囲気の別荘に泊まることになるとは思わなかった。

外観も素敵だけど、特に内装が中世のヨーロッパっぽいのだ。この食堂のテーブルだって、年代物みたいな重厚感があって、まるで『美女と野獣』の映画のセットだ。

そんなものがあるわけないよ、なんてふざけながらもわくわくしていた、ろうそくを三本立てられる真鍮の燭台が、目の前のテーブルを飾っているのだ。

食事の用意の段階で、そこに宇城くんはいなかった。

朔哉は部屋で寝てる、と多田山くんがわざわざわたしに教えにきた。

「ちょっと疲れたみたいでよ。島本も部屋で休んでていいよ。できたら呼ぶから」

「ううん、平気。ずっと登山用のリュックを背負っててくれたのが宇城くんだから。それに宇城くんの使った自転車、壊れかけてたからこぐのがかなり重かったと思うんだよね」

「そればっかじゃないんだけどな」

「………」

なんだか意味深なことを呟いて多田山くんはキッチンに戻っていった。

食事の時間になったら宇城くんはちゃんと起きてきて、みんなと一緒にテーブルについた。

誰かが口にする冗談に声をあげて笑うけど、自分から面白い話をすることはなかった。瞳に圧倒的に力がないように見える。

重いリュックをずっとかついでいただけじゃなくて、わたしが池で溺れたところを引き上げたり、ベンチに運んでくれたり、やたらと無駄な体力を使う一日だった。

それに加えてさっきの奏とのやりとりを聞いたことで、自分が今まで軽い気持ちで使ってきたからかいのセリフが、少なからずわたしを傷つけていたことを知ってしまった。

宇城くんのせいじゃないのだ。あんな過去がなければ、おもちゃみたいだと言われることにわたしはぜんぜん嫌悪感を抱かない。

〝おもちゃ〟って言葉は、実際すごく難しいのかもしれない。嫌な気持ちになる人もきっといる。

でも純粋に〝かわいい〟ことの褒め言葉として、わたし自身が頻繁に使っていた。だから洋くんの時だって、なんの疑問も抱かず痛い勘違いをしたわけだ。

子供の頃、お母さんと、道路が緑の並木道になっているとっても上品な街を歩いていたことがある。

そこに、思わず引き寄せられてしまうほどかわいい時計を、ショウウインドウに飾っている時計屋さんがあったのだ。わたしはどうしても他の商品も見てみたくなって、お母さんの手を引いてガラスのドアを押した。

どの腕時計もライトに照らされ、きらめいている。まばゆいばかりの色とりどりのラインストーンが、大判の文字盤上で躍動していた。

ブレスレット型の時計が特にわたしの目をひいた。精巧に作られた小さなマカロンやクッキーやキャンディがついていたり。くるくるまわるバレリーナがリューズに使われていたり。

「めちゃくちゃかわいいね、お母さん！　おもちゃみたい！　これ本物なの？」

「本物よ。熟練の技よねえ。素晴らしいわ」

わたしは見たこともないほどかわいい時計に興奮しきっていた。きっと何度もおもちゃみたい、かわいい、と叫んでしまった。

よくは覚えていない。けど、ずっと後になって思い返してみれば、一般的に雑貨屋さんで売られている時計とは、値札の桁が〇ひとつ以上は違ったのだ。

「大変失礼ですが、わたくしどもの時計はおもちゃではございません。お客様はご存じないようですが、老舗デパートにも納めさせて頂いているれっきとした商品でございます」

いつの間にか近づいていたオーナーさんが、お母さんにその店のパンフレットを乱暴に押しつけた。

わたしと一緒に笑顔でショウウインドウを覗いていたお母さんは、顔をあげて一瞬言葉を失った。それから丁寧に頭をさげた。

「ごめんなさい。悪気はないんです。ただ本当にかわいくて……」

二人で逃げるように店を出たのを覚えている。

「どうして怒ったの？　あの人」

「おもちゃって言葉がよっぽど気に障ったのね。ごめんね、お母さんがうかつっていうか……。お母さんにも波菜がおもちゃって口にしても、褒めてるようにしか聞こえなかったもんだから……」

だって褒めていた。

自分にとっては、「かわいい」を修飾する言葉として「おもちゃみたい」は最上級だった。「おもちゃみたいでかわいい」はその頃のわたしにとって、考えうる限り最高の褒め言葉だったのだ。

年齢が上がるにしたがって〃おもちゃ〃がいい意味にばかりは使われないことも、ちゃんと理解するようになった。

だけど純粋に、自分がとても好きだと思うもの、愛おしく感じるものを「おもちゃみたいでかわいい」と表現することもあるんだと、わたしは認識していた。わたし自身がそうだったからだ。

洋くんがわたしを「おもちゃみたいでかわいい」と言ってくれていたのも、だから好意だと受け止めた。そしてその勘違いが悲劇を招いた。

好意には違いない。それは間違いじゃない。

でも。好意は恋じゃない。

だからもう、勘違いはしないよ、宇城くん。

好意までも、たぶんいってないんだ、宇城くんの場合。

事故とはいえ、わたしは宇城くんと宇城くんのお父さんの間に溝を作った。それでも宇城くんはわたしをかわいいと言ってくれる。おもちゃみたいでかわいい、と。

世の中には、まだわたしの知らない「おもちゃみたいでかわいい」もあるのかもしれないね。

豪勢(ごうせい)なディナーが終わってみんながバラバラと部屋に戻る。このあと一休みしてから、また集まってゲームとかやるかもしれない。

食事中、口数の少なかった宇城くんが、一番後ろから無表情で階段に足をかけた。

心ここにあらずの状態で、よっぽど疲れているのかもしれない。

でも今日のうちにどうしても謝っておきたかった。さっき、いつものようにからかってきただけなのに、いきなり態度を変えて宇城くんの前から走り去ったことを。

「宇城くん」

「なに?」

「あのさ、さっき、ごめんね」

「は?」

「いや、えーと、ほら、またわたしのことおもちゃみたい、とか赤くなったことからかったでしょ? 宇城くんに悪気がなかったのはわかってたのに、いきなり怒って走り出しちゃったりして」

「ああ……」

「すみません。大人げなかったです」

宇城くんは無理やりのように口角をあげて笑顔の形を作った。

「波菜はまだ子供じゃんか」

「年齢的にはね。でもまあ、いつもは流してるのにいきなりあれはなかったかと……。わたしも、疲れてたのかな？」

頭のうしろに手をやって首をかしげ、なんでもない、をアピールしてみる。

「いや大人げないとか、俺のほうがよっぽどだろ。そんなに嫌だったんならもう言わない」

「いや、いいよ。そんな深刻なもんでもない」

「約束する。絶対に絶対に言わない」

「ほんとにいいの。別にぜんぜん気にしてないよ。大丈夫」

そこで宇城くんは一瞬黙った。

「波菜、さ」

「え？」

「あの道で会った洋くんってやつのことが――」

宇城くんは、途中で言葉を切る。

ヘラヘラしていたわたしの表情が、その名前でぎゅっと引き締まったのを見抜いたのかもしれない。

「なんでもない」

宇城くんは階段を駆け上がっていった。

5 野獣の薔薇の散るまでに

巨大なソファが三方向に置いてある、大広間みたいなリビングに集まって、その夜遅くまでウノやトランプのゲームをやっていた。

上は開放的な吹き抜けで、そのまわりに手すり越しの客室が見える。白っぽいフローリングの真ん中に、ゼブラの変形絨毯が敷いてあってとってもおしゃれだ。コンロつきのバーカウンターもついているから、料理好きの森本くんが軽い夜食まで作ってくれるという至れり尽くせり。

ちなみにこんな時こそ活躍させるべき凜子のラグジュアリーな紫花柄バスローブは、いまだ登場していない。さすがに恥ずかしいらしい。

最初の頃こそ宇城くんの様子が気になってチラ見していたけど、みんなで楽しんでいるんだから今は考えないようにしよう、とそっちを向くのを我慢した。

夜が更けるにしたがってみんな疲れも出てくる。十二時近くになると、ソファにひっくり返ったり絨毯に寝そべったりする人数が増えてきた。

なのに、誰も部屋に戻らない。

三泊しかこの別荘で遊べないなら力の限り楽しもうと、まだ中日なのに飛ばし過ぎの間違った選択のようにも思える。

軽食をいろいろ作ってくれていた森本くんも、すっかり疲れてソファで寝ている。三十
分たったら起こして、と凜子に声をかけていたけど絶対に起きない気がする。

「うー限界。俺、上行って寝てくるわ」

最初にギブアップしたのは宇城くんだった。

わたしはその背中を見送ってから、コーヒーを淹れようとバーカウンターの中に入った。

今起きているのは四人だ。

みんながんばるよな、と思いながら食器戸棚の上段からマグカップを出す。わたしたち
の食料調達も体力を使ったけど、海で遊ぶのも疲れただろう。

「島本」

「おわっ！」

三つ目と四つ目のカップの取っ手を両手に持って、戸棚から引き出したところで後ろか
ら声をかけられた。あやうくカップを落っことしそうになる。

「なんて声出すんだよ。こっちがびっくりするわ」

「だって、いきなりー」

後ろに立っていたのは多田山くんだった。

「伝言、朔哉から」

「えっ……」

「おおおっとー！」

今度は落っことしそうに、じゃなく、わたしは手を滑らせてカップを本当に離してしまった。とっさに多田山くんがそれを受け止める。

「すご……」

「マジだ。われながらすげえ反射神経！」

「認める」

多田山くんはカップをカウンターに置きながら、わたしの顔を覗き込んできた。

「朔哉がさ、明日の朝、六時にな？　西館の突き当たりにある書斎に来てほしいって」

「書斎？　西館？　わかんないよ」

それに早くない？　朝の六時って。

「この建物が本館で、二階に西館に続く廊下があるんだよ」

「そうなの？」

「そう。二階は吹き抜け囲んで部屋があるだろ？　西側にそこに続く廊下がある。俺たちの使ってる部屋の逆だな。あのへん」

多田山くんは吹き抜け上部の一か所を指さした。確かにそこには部屋と部屋の間に通路のようなものがあった。

外から見ても、この別荘は二つの建物が渡り廊下でつながっているような複雑な造りをしている。建て増ししたのかな。

「とにかくだな。明日の六時に、あの廊下の突き当たりの部屋で朔哉が待ってるってさ」

「…………」

「あ、俺のコーヒー、ミルクだけで砂糖なしでよろしく」

「……うん」

多田山くんはキッチンから出ていこうとして振り向いた。

「島本さ」

「え？」

「俺が出した名前が朔哉じゃなかったら、カップ落っことさなかっただろ？」

「…………」

答えられない自分、ごまかせない自分が、バカ正直を通り越してバカに感じた。

「眠……」

　あの後、なんだかんだでみんなが部屋に引き上げたのは午前二時過ぎだった。次の日も海で遊ぶ予定なんだから、そのへんがさすがに潮時だ。

　女子三人の中で身体が一番小さいわたしがソファを広げてソファベッドにして寝たけど、充分すぎるくらい幅があるし、ふわふわで寝心地はとってもよかった。

　わたしは五時半にはそこからごそごそと抜けだして、他の二人を起こさないように身支度を始めた。最初はそーっと動いていたけど、そこまで気を遣わなくても、二人とも爆睡していて起きる気配なし。

「うらやましー限りです」

　さすがに六時は眠い。だってわたしはほとんど寝てないから。

　宇城くんから呼び出しだなんて聞かされて、眠れるわけがない。少しうとうとしたのがたぶん明け方だ。

　グレーのTシャツに白いデニムのサロペットスカートをあわせた。形がミニタイトだから子供っぽくなり過ぎないんじゃないかなーとの判断だ。

忍び足で二人の眠っているそれぞれのセミダブルベッドの足元を通り過ぎ、化粧室に向かう。

部屋が広いせいで、水を使ってもダイレクトに二人のもとに音が届かないことに感謝だ。

歯を磨いて洗顔。ぼさぼさの髪をどうにか整え、リップを塗る。ビューラーでまつげを巻いたところで時間を確認。六時五分前だった。

わたしは音をたてないように気をつけて部屋のドアを開けた。

廊下に出て手すりから下を覗くと、昨日みんなでゲームをしていたフローリングにゼブラ絨毯を敷いたリビングが見える。

「あーあ、まだだいぶ汚れてるな」

スナック菓子の袋やペットボトルの残り、森本くんが作ってくれた夜食を載せたお皿が、まだいくつかテーブルの上に残っている。

最終日、この別荘を出ていくときは集中掃除になりそうだ。

視線を戻すと、リビング上の吹き抜けを挟んで目の前には、客室と客室の間に確かに廊下があった。あそこを真っすぐ行くと西館なんだな。

円を形作る手すりに沿って半分まわり、その通路にたどりつく。真正面にアンティーク調の重厚な扉が視界に入る。たぶん西館のほうが古いんだ。

「宇城くん……入る、ね？」

扉をギィィ、っと開ける。

ここもけっこうな広さの部屋だった。

古いこともあるけど、ヨーロッパの中世を思わせる年代物の凝った装飾の家具がたくさん置いてある。家具といってもほとんどが本棚だけど。

そこに入りきらない本があちこちに山積みになっている。洋書が多い。革張りのものまである。

あとは猫足のカウチと、正面に大きな書斎机。外国の古い映画にでてきそうなものだ。

わたしたちが泊まっている本館とは似ているようで雰囲気が違う。この部屋の空気がどこか不思議な匂いをまとっているせいかもしれない。

その前に、誰かが背を向けて立っている。西館は本館の陰になるように建てられていて、朝は陽が入らないんだ。だからまだ薄暗い。

「宇城くん……なの？」

その人はくるりとこっちを向いた。

「ざんねーん！　ドキドキした？」

「多田山くん……」

「どうして朔哉だなんて言ったんだよ！　って顔に書いてあーる」

「そりゃ……。顔には書いてないだろうけど、思ってはいるよ。どうして宇城くんの名前なんか使って呼び出すの？」

「んー……。ドキドキさせて自分の気持ちに気づいてもらうため？　後からちょいやりすぎだったかなと心配になった。悪かったな。昨日島本、ちゃんと寝れた？　相手が俺だってわかってればぐっすりだっただろうけど」

「……べつに」

尖った口調で答えると、ふいっと横を向いた。

内心がっかりしたのと、核心をついた指摘におののいて、どんな態度をとればいいのかわからなかった。多田山くんには、わたしが宇城くんを好きなことを見抜かれている。

「出過ぎたマネなのはわかってるんだけどさ。やっぱ、朔哉のこと考えると……」

「え？」

多田山くんの声音には悲哀がこもっていた。わたしは思わず彼に視線を戻す。

「これ、なんだかわかるか？」

多田山くんはまたわたしに背を向け、古い書斎机に向き直る。机の上の一角に、ドーム形のガラスケースが置いてある。中には真っ赤な薔薇のプリザーブドフラワーが一輪。何かの映画で、似たようなシチュエーションがあったような気がする。なんだっけ？

「ああ……朔哉の時間が。薔薇の花びらがこんなに落ちて」

「いや。一枚も落ちてないよ、多田山くん」

生花に特殊な加工をして、何年もきれいなまま咲いているように見せるのがプリザーブドフラワーだ。

プリザーブドフラワーにした薔薇は、一枚一枚花びらが散るような傷み方はしないはずだ。少しずつ色が褪せて全体がしおれてくる。

お母さんが一時期かじっていたから、うちにもいくつかあって知っている。

「心を静めて精神を統一するんだ、島本！　そうすればこの薔薇の花びらがもう残りわずかなのがわかるはずだ」

「わかった！」

「そうだろそうだろ？　見えるだろ？」

「思い出したよ。『美女と野獣』に出てくるあの薔薇の話でしょ？　この科学が発達した現代に何を語っちゃってるのよ、多田山くん」

「実はな、朔哉は呪いにかかった王子なんだ。この残り少ない薔薇の花びらが全部落ちるまでに呪いを解かなくちゃ、あいつは海の藻屑……にはならないけど、海の彼方には行っちまう」

「だから一枚も落ちてないってば」

「この別荘を見てもわかるだろうけど、朔哉はでかい会社の跡取り息子なんだよ。妹がいるけどさ」

「お金持ち、ってだけじゃなくて跡取り息子なんだね。宇城くん、そういうの表に出さないよね」

金銭感覚だっていたって普通だ。

「親が小遣い多く与えようとしても朔哉は人なみにしか受け取らない。それはあいつんちに行った時、お手伝いさんと話してるのが聞こえちゃったから知ったんだけどさ。だから、お互い欲しいものがあって短期バイトとか一緒にしたこともある」

「そうだったんだ」

でもなんでわたしにそんな話を？

「親は庶民の通う公立じゃなくて、自分が経営に関わってる私立高校に行かせたがった。

だけど普通の高校生活を送りたい朔哉は、この日向坂高校にきた」

「最後はちゃんと宇城くんの希望どおり、公立進学を許してくれたんだね」

「条件つきでな」

「条件？」

「そう。あいつ、かなり変わってるじゃん。アメリカ育ちで、いろんな価値観の中でのびのび確立された自己そのままなんだけどな」

「うん。そう思うよ」

「でも画一的な日本じゃ、感覚が人とズレすぎてうまくいかないとこもある。イケメンでサッカー部でも活躍してるのに、女子にドン引きされることがあったりするわけよ」

確かに。

宇城くんと同じクラスの友だちになる前でも、女子の間で噂になっていた。感覚がズレすぎだよね、彼氏としちゃなしだね、と。

「宇城くんがちょっと変わってるのは、うん、認めるよ」

わたしは、一年の頃の噂や、いままであったあれこれを思い出しながら、多田山くんに同意した。

「勉強はさておき、他の面ではもうちょい女子にモテてもいいだろ。残念イケメンの代名詞になってるもんな、うちの高校で」

　そこそこモテている気がするのは、わたし自身が好きな人だから？　これも欲目なのかな。

　多田山くんが言うようにドン引きされることも、あるにはある。

　でも宇城くんは、違うクラスだった一年の頃から、よく女子の話題には上るのだ。こんなことしたんだよ、かっこいいのにヤバいよね、みたいに。

　それはどこか手の届かない憧れの存在に対して、遠巻きに噂をしているような印象だった。

　女子に興味がないと思われているふしが強いから、よっぽど切羽つまった気持ちになった子しか、宇城くんに告白したりはしない気がする。

「残念イケメンなんて……そんなこともないと、思うんだけどな」

　そこで多田山くんがくすりと笑った。

「魔女がな」

「え？　魔女？」

「そう。朔哉にとっては魔女。男だから魔女じゃなくて、うーん……。魔法使い？」

「えー？　意味わかんないよ。誰のこと？」

「まあいいじゃん。その人がな、どうしても自分の志望する高校に入りたいなら、受験は許す。日向坂高校はお前の今の学力で入るのも大変だろうから、やる気になって頑張るなら実力がつく。それはそれで非常にいいことだ、って」

「ああ、さっきの話ね。魔法使いは宇城くんのお父さんか」

「そこはまあおいとけ。ただ受験を許すかわりに、入った後で愛し愛される人をみつけろ。その花びらが全部散るまでに！　ってな。そうすれば海の藻屑にはならない」

「完全にパクリじゃありませんか、多田山くん」

「パクリって言うな。オマージュだ！」

「はぁ」

しかも願いがかなわない時は海の藻屑、って『人魚姫』だし。薔薇の花が散るまでに愛し愛される人をみつける話は『美女と野獣』だ。混ざってるし。

「魔法使いが言うには、朔哉に足りないものは、欲しいものへの適切かつ常識的なアプローチ力。あくまでも常識的な！　な？」

「ふうん」

「それで愛を勝ち取れ、と。常識を身につけろ、と」

「常識的なアプローチ力が、将来宇城くんが会社を経営するのに必要だから？」

「そんなとこなんじゃないの？　おやじさんも実際遊んでるよな。息子で」

「そう、かもね。いやそれ、どこまでがほんとの話なの？」

「全部です」

「嘘(うそ)くさい」

どうして多田山くんはわたしを呼び出してまで、こんな話をするんだろう。

宇城くん、お父さんからそんなよくわからない圧力をかけられているんだろうか。海の藻屑って何？　具体的にどういうことなの？

それにあのドームの中の薔薇の花だって、『美女と野獣』の映画に出てくるみたいに、一枚一枚散っていくはずはない。

あのプリザーブドフラワーがしおれるまでに、ってことなの？　プリザーブドフラワーがしおれたかどうかって線引きがものすごく曖昧(あいまい)だ。

「だから朔哉はめちゃくちゃ慎重(しんちょう)になってる。失敗はできない。普通の高校生だって好きなやつに告白なんてどんだけ勇気がいるか！　って話なのに、あいつの場合、失敗したら海の藻屑だ」

「一度の失敗もダメなの？　振(ふ)られた時点で海の藻屑？」

「そう。だから朔哉は、相手の気持ちが百パーセントって確信がないと動けない」

「胡散臭すぎる」

わたしは自分の眉間のしわがどんどん深くなっていくのを感じた。

「思うに……きっと、昨日だってあいつは……」

「え？　なに？　ちょっと聞こえなかった」

急に多田山くんの口調がもごもごして、独り言みたいになった。よく聞き取れない。

「とにかく！　お前が朔哉の両想いの相手になってやればいいだろ？　そうすればあいつは海の藻屑にならなくてすむ」

「……それは、無理だよ」

「どうして」

「愛し愛される相手なんでしょ？　両想いなんでしょ？　だったら相手は誰でもいいわけじゃないじゃない。ちゃんと宇城くんが好きな相手じゃなきゃ」

「島本。全く、鈍いのかお前は。いまどき天然とか流行んねえからな？」

わたしは唇を嚙んで多田山くんをにらんだ。

「天然なんかじゃないもん」

多田山くんにわたしの気持ちは知られている。だから頑張れと、発破をかける意味でこんな話をするのか。

それとも、もしかしたら多田山くんも奏や凜子みたいに、宇城くんがわたしを気に入っているんだと勘違いをしているんじゃないだろうか。わたしはよくちょっかいを出される。昨日の買い出しは二人でかなり遅くに帰ってきた。

違うのに。

一年の頃、教室で聞いた話がよみがえる。明美ちゃんとしたあの会話は誰も知らない。

「朔哉に試験中、無理やり消しゴム貸したんだってね。それで事務室まで呼ばれたことがあるって朔哉がこぼしてた。それがお目付け役でもある父親の秘書にばれて、めちゃくちゃ怒られたらしいよ」

「朔哉も引くに引けなかったのか、その後親と大ゲンカして大変だったんだって―」

「その時のことでお父さんといまだに確執あるみたいだよ。波菜にしてみたらいいことしたつもりなんだろうけど、ずいぶん因果なことにかかわっちゃったもんだよね」

あの時の明美ちゃんの、湿った笑いを含んだ声。一瞬にして止まった教室の外、廊下のざわめき。

口の中を強く噛んでも痛みを感じず、傷から流れ出す液体には味もない。

聴覚も痛覚も味覚も失った世界で、わたしはただ立ちつくすしかなかった。

忘れることなんかできない。

何よりショックだったのは、宇城くんが明美ちゃんにその話をしたことだ。

試験中、無理やり消しゴムを押しつけられて、その結果事務室に呼ばれることになった。

迷惑だった。

そういうニュアンスの話し方を、宇城くんは明美ちゃんにしている。対象が好きな相手だったら、そんな言い方は絶対にしないはずだ。

宇城くんが、本当に薔薇が散るまでに両想いになれなかったら海の藻屑になる、なんて難題を出されているなら、まさか、まさかわたしがつくった親との確執のせい？

もしそうだったら、本人の意志以前にわたしなんて問題外じゃない。

宇城くんの親が知ったらどんなに怒るだろう。大事な模試で余計なことをして、息子を窮地に立たせた判断力に欠ける娘だと。

「わたしじゃ、だめなんだよ……」

自分の声を自分で聞き取るのが精いっぱいだった。多田山くんにまで届いたかどうかわからない。

多田山くんは、日本人流のお手上げ！　ってジェスチャーなのか、大げさな動作で腕組みをして長いため息をついた。

「まあ、俺が悪かったよ。どうもうまく話せないっつーか……なんか空回りしてんな」

「……そんなことない。心配してくれて、ありがと」

わたしも多田山くんにしゃべれないことが多すぎるから、きっと話がうまく通じないんだ。

ほんの少し考え込んだ多田山くんは、気分を変えるように明るい声を出した。

「気にすんな。せっかくきてる楽しい海で、いきなり呼び出してわけわかんない話になっちゃってごめんな。今日は島本も海行くだろ？」

「うん」

「二度とない高二の夏だぞ？　うーんと楽しい思い出作って帰ろうな。それが一番朔哉のためになるのかもな」

「……そうだね」

「島本、集合遅れてもいいからちゃんと戻って寝ろよ？」

「うん」

でも気になる。宇城くんの身に何が降りかかっているんだろう。

多田山くんと書斎を出てから別れ、それぞれの部屋に戻った。

奏も凜子もまだぐっすり眠っている。昨日遅かったからみんなが起き出してくるまでにきっとまだ間がある。今日も目の前の海で遊ぶ予定だ。

わたしも今のうちに少しでも眠っておこう。

さっき抜け出したソファベッドの中にもぐりこんでみるものの、どうしても目が冴える。多田山くんから聞いた話がよみがえってしまう。

「愛し愛される相手……か」

わたしがそうだったら一緒に海の藻屑になってもいいよ、とさえ思える自分にびっくりする。こんなに人を好きだと思える日がくるなんて。

水上アスレチックで池に落ちた時、溺れて苦しくてもがく中、誰かに力いっぱい抱きしめられたような気がした。

誰かだなんて。助けてくれたのは宇城くんなんだから、もしそんなことが現実にあったとしたら、相手はひとりしかいない。

だからそれは妄想に決まっているのだ。宇城くんに求められたいという恥ずかしいほどの願望の表れだ。自分がここまであさましい人間だとは思ってもいなかった。

恋が女の子をきれいにするというのは、両想い限定の話だ。片想いの今、好きになればなるほど醜く、黒くなっていく自分自身を感じる。

「寝ようー」

わたしは頭から薄いタオルケットをひっかぶってぎゅっと目を閉じた。

神経はまだ昂ぶっていたけど、さすがに身体のほうは限界を迎えていたみたいだ。いつの間にか眠りに落ちていた。

「波菜、せっかくかわいい水着なのに、いつまでそんなの着てるのよ」

ビーチパラソルの下、隣で原色の大胆なビキニを着た凜子に横目で睨まれる。

「だって……。やっぱり恥ずかしくて」

わたしも一応ビキニだ。大量の立体的なピンクの花が全体を覆っているから身体の線はでない。そして下はひらひらスカート。

ビキニとしては控えめでも、恥ずかしくて上に着た白いUVパーカーを脱げずにいる。海で遊ぶ時までしっかり着こんで入った。

もうすぐお昼だ。

九時くらいからみんなで海岸に行き、さっきまで六人で沖まで出て、ボートや浮き輪で遊んでいた。

いったん六人でこのビーチパラソルまで戻ってきたけど、奏と多田山くんの二人はいくらも休まないうちにまたボートを持って海に入っていった。

沖でボートにつかまり、プカプカ浮いている二人がここからも確認できる。いい感じだなあ。

「凜子ー。あの二人うまくいくといいよねー」

「ほんとだねー」

凜子もぼーっと沖の二人を眺めていたのか、気のない返事が戻ってくる。

森本くんは、ビーチマットの上でお昼寝だ。宇城くんは凜子と同じようにマットに腰をおろし、立てた膝の上に肘をついて沖のほうを半目で眺めている。心なしか身体全体から生気が抜けているような気がする。

自分の家が所有する別荘ゆえに、宇城くんはどこかでいつも動いているようなところがある。キッチンを使うにしても何かが必要になるにしても、みんなが宇城くんをたよる。部屋にいても困った事態になると呼ばれる。昨日の買い出しがハードだっただけじゃなくて、もしかしたら神経が休まる暇がないのかもしれない。こういう時間に少しでも横になってくれればいいのに……。

あの二人が沖から戻ってきたら、みんなでお昼ご飯になるんだろう。

今日は目いっぱい浜で遊ぶ予定だったから、昨日のスーパーで、持って出られるパンやデリカを買ってある。夜食を作る時に森本くんが、今日のお昼のぶんまで用意してくれていたし。

視線を海に向けると、奏と多田山くんがちょうどビーチをこっちに向かって歩いてくるところだった。

板状のボートを脇にかかえて奏のとなりを歩く多田山くん。奏が砂に足をとられないようにさりげなく気遣っている。

そんな多田山くんを上目遣いで見つめる奏の表情は、わたしや凜子といる時には見られないものだった。

奏は間違いなく多田山くんに恋をしている。

「ヒューヒュー。お前ら仲いいじゃーん」

「まったくいつの間に」

森本くんと凜子に突っ込まれながら、二人とも照れた笑顔で別にー、と答えるだけで、たいして否定もしない。

宇城くんはただ笑っていた。

旅行が終わってから奏、めちゃくちゃ凜子に問い詰められそう。そうだったらいいのになー、と微笑ましく思うよ。

あと、羨ましくも、思うよ。

六人そろってビーチでお昼ご飯。学校にいる時は女子同士でお昼を食べるから、男子と一緒というのがいまだ新鮮だった。食べる量がわたしたちとは比較にならない。

少し休んで午後も海に入った。浜でビーチボールもした。

楽しいと時間の流れはどうしてこうも早いんだろう。もう三日目が終わろうとしている。

太陽が赤く染まる頃まで浜で遊んでから、ようやくみんなでパラソルやランチバッグを片づけ始めた。

別荘に帰って少し休んだら夕食の時間だ。

森本くんが、最後の晩餐だぜー、張り切って作るぜー、と拳を振り上げている。森本くんの作る料理はおいしくて、思い出しただけでお腹の虫が鳴きそう。

夕食を森本くんが中心になって作る。昨日でわかったけれど、いくら広いキッチンといえども効率的に動くには三人が限界だった。調理三人、後片付け三人に分かれることになった。

グーパーで決める。森本くん、多田山くん、凜子が調理係。

奏と宇城くんとわたしが後片付けの係だ。

もうすでに凜子は下のキッチンにいて、部屋にはわたしと奏しかいなかった。

「波菜、旅行前に三人で買い物に行った時に買ったさ、あの真っ白の妖精みたいなワンピース、今日着ちゃいなよ」

「えー。うーん、いいよ。なんか恥ずかしいじゃない？　海だしちょっと場違い的な？」

「そんなことないよ。ここまで豪華な別荘だからかえって似合うよ。凜子のバスローブで最後の晩餐はあたりまえに無理だけど」

凜子は、せっかく奮発して買ったバスローブの出番がないことを嘆いていた。たぶん、今日の夜は奏とわたしにお披露目ダンスをしてくれる。

「んー。迷うな……。何を着ていこう」

「波菜ぁー。あのワンピがいいって。すごく似合ってたもん。宇城だって絶対かわいいって思うよ？」

「…………」

奏にも完全にばれている。わたしの気持ち。

「あたしもこれ着るよ？」

奏がバッグから取り出したのは、いつものボコボコ穴が開いたデニムじゃなくて、大胆なひまわり模様のノースリーブワンピだった。発光するような黄色が、いかにも真夏の少女だった。

「えっ！　奏、それいつ買ったの？　持ってたの？」

「へへへ。実は三人で買い物に行った時にね！　波菜が白いワンピを試着してる間にあたしはこっちを試着してた」

「そうだったんだー！　いや、それすごく奏っぽくてすてき！　絶対似合うよ」

「あたしだって自信ないよ。こんなの着たことないもん。だから波菜、一緒に着よう？」

「うん」

　わたしと奏はそこからウキウキと着替え始めた。ゲンキンなもので、仲間がいるとなると心強い。

「うわー！　奏。すっごいすてきー！　いつもと雰囲気が違うからドキドキしちゃうよ」

　奏のワンピース姿を見るのはいつ以来だろう。まだお母さんが服を選んでいた小学校の低学年までさかのぼらなくちゃ記憶にないかもしれない。

　いつもはダメージデニムをかっこよく着こなすことが多い奏のワンピース姿は、これぞギャップ萌えだ！　ってくらい新鮮できれいだった。奏は自分に似合うものを的確に選ぶセンスも抜群だ。

「波菜もすっごい似合ってるよ。お姫様みたい」

「奏のほうがずっとお姫様だよ！」

「……波菜さ。自分じゃぜんぜん気づいてないと思うけど、近くにいてハッとさせられることがたまーにあるんだよ。あんたはそれくらい、実はすごい子だよ？」

「はい？」

「いつだったか、女の子何人かでどのお姫様が好きか、って話をしてて、誰かが波菜はラプンツェルっぽい、って言ったんだよ。高い塔のてっぺんで透き通った声で歌ってるおとなしい子、みたいなさ」

「なんとなく、覚えてるな、その時のこと」

中学の時、グリム童話に精通している先生がいたんだ。そこで原書のグリム童話についていろいろな話をしてもらった。

うちの中学の子はグリム童話に詳しいかもしれない。わたしたちの歳の子が一般に知っているアメリカの映画会社が広めたアニメと、原書はちょっと違う。作品によってはぜんぜん違う。

原書のグリム童話に出てくる女の子はもっと受け身だ。シンデレラも、白雪姫もラプンツェルも。

先生の話してくれたグリム童話のラプンツェルが特に幻想的で好きだった。この話はアメリカ版アニメとグリム童話ではかなり違う。階段のない高い塔に幽閉され、窓から歌うだけの毎日。魔女が来たら長い髪を垂らし、塔の中に誘う。ラプンツェルを見初めた王子様が、魔女のふりをして髪を垂らしてもらい塔に登ってくる。そこで二人は恋に落ちる。

でもわたしは、グリム童話のラプンツェルがあまりに受け身で歯がゆく感じてもいたんだ。

「魔女に髪を切られるくらいなら、最初から自分で切って、それを窓辺に括り付けて塔から降りればよかったんだよ。そんなに好きなら王子様と逃げるべきだよ、って波菜は言ったんだよ」

確かにそう思っていた。でもわたしじゃできないから、それが本当にできちゃう奏に憧れていた。

「昔話のお姫様は受け身な子が多いよね。話はロマンチックなのに」

「ここぞって時は受け身じゃないよね、波菜って。長く波菜の近くにいて思うの。波菜を受け身じゃなくするものは、いつも他人を思う気持ちだった。そういう波菜だから、あたしは大好きなんだよっ！」

ひまわり模様のワンピースを着た奏がわたしに抱きついてきた。その体重を受け止め、わたしはベッドにひっくり返る。

……そんなことを思ってくれるのは、感じてくれるのは、奏くらいだ。

「うー、めちゃくちゃ感動して泣けてくるじゃなーい」

褒められることに慣れていないわたしは、本当に涙が出てきてしまいそうだった。奏が親友でいてくれることに、心底感謝だ。

「でもイメージとしてラプンツェルと波菜は重なるね。髪を自分で切る能動的ラプンツェル！　今日は一緒にお姫様でいようよ」

「グリムのほうのラプンツェルはお姫様じゃなかったでしょ？」

「王子様と結婚したんだからお姫様になったよ」

「そっか。じゃ奏もお姫様だね。自分の魅力を信じて宮殿に乗り込むシンデレラ！　奏は華やかなシンデレラがイメージだね」

「乗り込むの？　シンデレラってそんな話だっけ？」

「奏バージョンはね！　きっと今日の奏には多田山くんもさらにまいっちゃうね！　間違いない」

「そうかなー？　えへへ。恥ずかしいね」

奏は頬を染めたまま、ベッドに仰向けになった。

恋が、奏の魅力をさらに引き出している。

その後、奏と二人で髪をカーラーで巻いたり、コテで形をつけたりと研究をする。

わたしの髪はそれほど長くないからバリエーションもつけづらい。妖精ワンピですでに頑張りライフを使い切ったわたしは、巻いただけでギブアップした。

「奏！　わたしがヘアアレンジするからね！」

「うんうん。もう好きにやっちゃって」

ベッドの前に座る奏の髪の毛を、ベッドに座ったわたしがアレンジする。

奏は部活の時はポニテだから、それはきっと多田山くんもそこそこ見たことがあるはずだ。今日はギャップで攻めるぞ、とカールしたさらさらの茶髪をサイドでひねってピンで留める。落ちてこないようにスプレーで留めた部分だけを固めた。

ふわふわになって肩にかかる茶色い髪とワンピースが、いつもの奏とは違う魅力を炸裂させている。

奏が遠くにいこうとしているようで、ヘアブラシを持つわたしは少し寂しい気持ちになった。

奏の髪のセットが終わり、自分の支度に戻る。黄色いポーチから色つきリップやビューラーを出した。わたしはメイク道具をそんなに持ってはいないのだ。

「うわ、でた！　波菜、またオカメインコ柄だね。新しく買ったでしょ、このポーチ」

「うん、つい手が出て……」

「波菜の、メリーへの愛情には宇城も妬くだろうね」

「そんなんじゃないったら」

この妖精ワンピ、鎖骨がきれいに出るカッティングだから、アウトレットで宇城くんに買ってもらった鳥のヘッドのネックレスがしっかり見える。この鳥、うちのメリーにシルエットがよく似ているのだ。

アウトレットから戻った時は大人げない態度をとって喧嘩っぽくなってしまったのに、恥ずかしいようなくすぐったいような、幸せな気分に包まれた。

鏡の前でネックレスのヘッドを触っていたら、ピロンッとわたしの携帯から着信音がした。

「なんだろ？」

わたしは手持ち用の小さいバッグに入っていた携帯を確認した。

「！」

そこにはありえない名前が表示されていた。

『篤嶋洋介』。洋くん、だ。

「なに？　凜子からメッセージ？　もうできたの？　早くない？」

下のキッチンからの連絡だと思ったらしい奏が、まわりこんでわたしの携帯を覗こうとするから、さりげなくそれを遠ざけた。

「違う。小学校の頃の友だち」

「だよね。さすがに早すぎるよね」

奏はもとの場所に戻り、アクセサリー選びを再開した。

「ちょっと、下行って、なんか飲んでくる」

「そう？」

急にそんなことを言い出したわたしに、奏はおおぶりのネックレスを手に、腑に落ちない表情を向けてくる。そんな奏を残し、わたしは廊下に出た。


「洋くん、どうして……」

宇城家の別荘から林道への入り口のあたりに、洋くんが立っていた。

さっきのメッセージは、洋くんからだった。

小学校五年の時、洋くんの愛犬マリモが亡くなり、打ちひしがれていた彼にわたしが勢いで告白して振られ、気まずくなってから連絡は途絶えていた。

「いや……。ずっとあの時のこと、謝りたいと思ってたんだ」

居心地が悪そうにしばらく口ごもっていた洋くんが、そう切り出した。

「どうしてここがわかったの？」

「波菜と一緒にいたあいつさ、宇城って言ってたよな？　このへんで宇城家の別荘は有名だからな」

「そうだったんだ」

「俺、子供でさ、波菜の真っすぐな気持ちに対して思いやりの欠片もない断り方したな、って」

『わたしがずっと側にいる』の返答は、『俺の側にいるのは奏』だった。

「確かに直球だったね」

自分の口元がほころんでいることに気づく。

時間がたったこともあるけれど、あれを本当に恋と呼ぶのかどうか、今のわたしにはわからない。

小学生だって立派に恋愛ができるとは思う。でも洋くんに対するあの気持ちが恋だったのかと問われれば、わたしは自信がなかった。

守られる立場から守る立場へのみごとな変貌。洋くんへの尊敬や憧れの気持ちが強かったような気がする。

だって、今宇城くんに対して感じているようなときめきや、締めつけられるような胸の痛みは、洋くんに対して抱いたことがない。宇城くんへの気持ちは、初めて感じるものばっかりで戸惑いの連続なのだ。

「ごめんな、波菜。俺の考えなしな態度のせいで、小さい頃から一緒だった友だちを二人も失くす、っていう……すごく愚かなことをしたって、けっこうすぐ気づいたんだけど。話せる雰囲気じゃないまま別れちゃったから」

「また友だちに戻れるよ。洋くんに悪気がなかったのはわかってる」

お互いに、幼すぎただけだ。

「え……！　いいのか波菜？」

「当たり前じゃない。奏には連絡しなかったの？　あ、奏、携帯変えたから連絡先がわからなかったんでしょ？」

「携帯変えたんだ？　いや、まず波菜に謝りたかった。一番傷つけたのは波菜だから」

「ありがとう」

「それに奏さ。めちゃくちゃ怒ってたじゃん？　俺が波菜を傷つけたこと」

「そうだったね」

「奏、すごく波菜のことが好きだよね。完全に負けた気がしてあれはあれで傷ついた」

「ごめんね」

わたしのせいかもしれないね。あの頃は奏と両想いだったかもしれないね。

でも今は、奏は新しい恋愛に向けて動きだしたところだから、そのことには触れないでおく。

そこで洋くんはくすりと笑った。

「そこ、波菜が謝るとこじゃないだろ？　安心しろよ。波菜、奏の気持ちも誤解してたかもな、と思ってた。奏は別にあの頃から俺のことを男として好きだったことはないよ」

「そうなの？」

「そうなの！　俺も立派に振られてるの！」

「なんだ……。そうだったのか」

「安心した？」

「うーん……ちょっと、複雑？」

両想いじゃなかったらなかったで、かわいそうだったよね、洋くん。失恋仲間だったのか。

「波菜は思ってることがすぐ顔に出るよな。昔と変わってなくてそこも安心するわ」

「おもちゃみたい？」

洋くんは否定も肯定もせずにただ笑った。いい笑顔だな、と思った。

「そのうち奏も入れて三人で会おうよ？　あ、まだ微妙？」

ふざけて下から覗き込むようにして洋くんを見た。

「もう平気。俺、彼女、できたよ」

「そっか。よかったね。おめでとう」

そこでわたしの携帯が鳴った。きっと夕ご飯の時間だな。ポケットから携帯を出して確認すると案の定だった。凜子から、もうすぐだよ、の連絡。

「友だちから？」

「うん、そう。ご飯ができたみたい」

「そっか。楽しそうでよかった。幸せそうで」

「うん。楽しいし、幸せだよ」

「元気でな、波菜。また連絡するよ」

洋くんがわたしに手を差し出してきた。

「洋くんもね」

わたしはその手を握り返す。

「おう」

離してからそのままその手を、顔の横で振った。

「じゃあね」

洋くんに背を向け、五メートルくらい進んだ。

「波菜！」

呼び止める声に、振り向く。

「すっげえ似合ってるよ。その洋服！　めちゃくちゃかわいい！」

離れてしまったからか、結構な大声で叫ばれた。誰もいないからいいようなものの、これはなかなか恥ずかしい。

「ありがとう！」

わたしも大声で返して駆け出した。

心がすごく軽くなっている。ずっと背負い続けてきた重い荷物を降ろしたようだ。

そこで、西館の向こう、わたしたちの泊まっている本館の玄関あたりにちらりと人影が見えたような気がした。けっこう長い時間部屋を空けちゃったから、奏が心配して捜しに来てくれたんだろうか。

急いで玄関にたどりついた時には、もう誰もいなかった。見間違いだったのかもしれない。

食堂に入っていくと、もうほとんど食事の用意が終わろうとしているところだった。奏もすでに部屋から下りてきていて、テーブルのセッティングをしていた。

男子三人の格好は今までとほとんど変わらないけど、女子三人は示し合わせておしゃれをすることになっていた。もっとも、ここまでのおめかしになるとは思っていなかったけど。

奏と入れ替わりに、凛子が今は部屋に戻って着替えているはずだ。でもきっと、バスローブは出番がない。

「めちゃいい圧力鍋が二つもあったから、短時間でそこそこのもんが作れた。どうだ、すげえだろ？」

「すげえです」

ローストビーフをメインに、ボロネーゼとカルボナーラのパスタ、彩りの鮮やかなサラダやスープが長テーブルに並ぶ。三基の燭台にはろうそくの火が灯された。

「すごいー！」

奏が両方の拳を固めてガッツポーズをしている。かわいいワンピ姿でも奏は奏だな、とちょっと嬉しくなった。

「うんうん！　素敵！」

わたしも両手を組み合わせて同意する。

「駿平マジですげえよ。あ、お前、片づけなんにもやんなくていいから」

「ふー疲れた、もう動かねえから」

なんて言いながらみんなに絶賛されて森本くんも嬉しそうだった。森本くんの特技のおかげで別荘ライフが確実にランクアップしたよ。

そこへ着替えた凜子が戻ってくる。

「情けねーなー。女が三人も揃ってて、頼りになるのが駿平とは」

「うるさいよ。あたしたちはまだ発展途上なの！」

返す言葉がなく、聞こえないふりをする凜子とうつむくわたしに対し、奏は多田山くんのむこうずねを蹴っ飛ばした。せっかくのひまわりワンピが泣きそうだよ、奏（でもちょっと力が弱め）。


どれもとってもおいしい。海で体力を使ったこともあって、お皿はまたたく間に空になっていく。気がついた人がキッチンまで往復してお皿の中身を補充しに行った。しょっちゅう誰かが席を立っている状態だ。

お腹いっぱいになった森本くんが、最初にダイニングからひと続きの広いリビングのソファに寝そべりに行った。

みんなが食べ終わる。後片付け担当のわたしと奏と宇城くんが、ほとんど空になったお皿をどんどん下げる。

キッチンには外国製で大型の食器洗浄機がついていた。お皿は軽く汚れを流してその中に入れるだけですむ。ディスポーザーもあるから生ごみの処理も簡単だ。

料理って後片付けが大変、ってイメージがあるけど三人もいるし、機器は最新だし、すぐに終わってしまいそうだった。

「ねえ、宇城くん、この可燃ごみはどこに捨てればいい？」

肉や野菜のパッケージや、汚さないようにあらかじめ敷いたらしい古新聞が大量に出た。

「ポリ袋にまとめたら、外のデッキにでかいゴミ箱があるからそれに放り込んどく。俺らが帰った後、管理人さんが処理してくれることになってるよ」

「りょうかーい」

わたしは大きいポリ袋にゴミを片っ端から入れ、キッチンから、隣接しているデッキに出た。

「うわあ！　ここも素敵ー」

思わず声が漏れる。

デッキには正方形の煉瓦色のテラコッタが敷き詰めてあった。アイアンワークの手すりの外側にはライトアップされた庭が見え、その先は月夜のビーチだ。

なんてロマンチックなんだろう。

「波菜」

「え？」

背中で宇城くんの声がした。わたしの後から、デッキに出てきたらしい。

「汚れそうだから俺がやるわ。ゴミ箱、超でかいだろ」

デッキの端に、高さが一メートル以上はありそうな木箱がおいてあった。ヴィンテージっぽいデザインで、ゴミ箱までおしゃれだ。

「あれ？」

「そう」

そこまで歩いていった宇城くんは、傾斜のついた天板を持ち上げた。

「ほら、貸してみ」

「ありがとう」

わたしはかなりの大きさになっているポリ袋を、宇城くんに渡した。確かに真っ白の服が汚れる可能性はある。ソースがポリ袋の外にも少しはついてしまっている。

宇城くんは高い位置までポリ袋を吊り上げると、ゴミ箱の中に入れ、天板を閉めた。

なぜか宇城くんはそのまま動かなかった。

「ありがとう。あの……助かった」

間がもたなくて、もう一度お礼を口にする。

そこで宇城くんはようやく、ゆっくりとわたしのほうを振り向いた。

背後には光り輝く満月と、ライトアップされた庭。映画のワンシーンのように幻想的だった。

「きれいだな、その服……超きれい。めちゃ似合うわ」

「え……」

今まで、かわいい、おもちゃみたいでかわいい、とからかわれることはあっても、きれいだなんて言われたことがなかった。びっくりしすぎて言葉が出てこない。

「その服ってさ、あいつのため？」

蚊の鳴くような声。

宇城くんの表情にも口ぶりにも、別人かと思うほど覇気がないのに、瞳だけが怖いほどきらきらと光っていた。

「……あいつ？」

「さっき、林道のとこで話してたやつ」

「……！」

洋くんのことを言っている？　あの時玄関に見えた人影は、奏じゃなくて、宇城くん？

「昨日の帰り道で会った洋くんとかいうやつだよな？　波菜、あいつのこと、まだそんなに好きなんだ？」

やっぱりあの時、アウトレットから戻ってわたしが走り去った後に奏と交わした会話は聞かれていた。

最悪だ！　わたしが昔は洋くんに惹かれていたことを、宇城くんに知られてしまっている。よりによって好きな人に！

「ちっ！　違う！　勘違いだよ、宇城くん」

「……うん」

「ほんとに違うの！　あれは小学生の頃の話で。わたし、幼くてさ、自分の気持ちもよくわからないっていうか」

自分でもびっくりするほど必死な弁解の言葉がころがり出る。

「うん、そっか」

ぜんぜん信じていない相槌だった。

　宇城くんはわたしの横を通り抜け、キッチンに続く扉を開ける。

「宇城くん、待って。ほんとに違うんだってば！　聞いて！」

「……ちゃんとわかってるよ」

　宇城くんは中に入ってしまった。

「ほんとにもう、違うのに……」

　納得されたら、それ以上は反論できないじゃない。誤解されたままが嫌だとわたしがいくら思っても、そんなに興味がなさそうな声を出されたら何も言えやしない。

　わたしは肩を落としてキッチンのガラス扉の向こうに見える宇城くんの横顔に見入った。

　洋くんは十年前からの幼なじみだ。仲直りができたのは嬉しい。

　……でも、よりによってどうしてそれがこの別荘で、その現場を好きな人に見られて、そのうえ誤解までされなくちゃならないんだろう。

　その後、今日で最後になるからとみんなでビーチに出て花火をした。

　闇に咲くいくつもの炎の花に見入りながら、わたしはこの夏をきっと一生忘れないだろうな、とぼんやり考えていた。

　花火が終わると、また昨日のように広いリビングに集まってみんなでゲームをしたり、くだらない話をして過ごした。

宇城くんは、とりたててテンションが高いわけでもないけど、何事もなかったかのように笑っていた。

わたしも、とにかくこの空気を壊してはいけないと、必死で笑顔の仮面を貼りつけ続けた。

好きな人と来た夢のグループ旅行。天国かと思うくらい幸せだったかと思えば、こんなに切なくやるせない気持ちがあったんだと知らされるほど苦しかったりもした。

手の届かない人を好きになる。

こんな気持ちに耐えている人が、きっと世の中たくさんいるんだろうな。

一晩明け、三泊四日の非日常的な別荘生活も最終日。

ちなみに昨日は、六人で時間を惜しむようにリビングでぐたぐたしたし、みんなが部屋に引き上げたのは午前三時だ。

それからわたしと奏は、凜子のお披露目しそびれた紫花柄バスローブのファッションショーを朦朧としながら鑑賞した。そして三人、倒れるように眠りについた。

起きたのはお昼近い。これからみんなで別荘の掃除をして帰る。

宇城くんはゴミだけ所定の場所に出しておけばそれでいい、と言ってくれているけど、お借りした手前それじゃダメでしょ、ってことになった。

帰り支度を終えてから、ひとりひとり雑巾や箒を手にする。宇城くんが掃除機のある場所がわからない、と絶望的なことを言い出す。

とりあえず自分たちが使った場所だけは、とみんなでリビングの掃除をしていた。

そこにノックの音が響く。

「え、誰？」

奏が雑巾を手に宇城くんのほうを見る。

「あー……おやじだわ」

リビングのガラス扉からは玄関なんか見えない。宇城くんがレースのカーテン越しに眺めているのは、なぜか海方向だった。

宇城くんの視線の先をたどると、昨日までは影もかたちもなかったかっこいいクルーザーが停まっていた。

「えっ！　すご！　クルーザーもあるの？　超すてきー！　映画みたいなやつだね」

凛子が海のほうを見ながら感嘆の声をあげた。

「めんどくせーなー。何しに来たんだよ」

「海から来たってことか？　おやじさん」

森本くんの疑問に宇城くんがうんざりした面持ちになる。

「まあな。おやじ、あの林道通るの嫌いなんだよ。虫がいるとかあたりまえのこと言いやがって。ここ、車で横づけできねえじゃん？」

「だから海？　クルーザー？　わあお！　金持ち的発想」

凜子の発言に宇城くんはますます口をへの字にまげた。

そう言えば別荘からちょっと離れた場所に桟橋があった。

「悪い。みんなここで待ってて」

宇城くんはリビングを出る。玄関にドアを開けに向かったらしかった。

宇城くんのお父さんか……。わたしは変に緊張した。

あの、中学の模試の時に、息子に無理やり消しゴムを貸した女子がここに来ているなんて思ってもいないだろうな。入学した高校で息子と交流があるなんて、考えてもいないだろうな。

「やあ、みなさんこんにちは。息子の朔哉がお世話になっております」

リビングのドアを開けて入ってきたのは、「大会社の社長の休日」を絵に描いたようなさわやかな紳士だった。

清潔感あふれる白のポロシャツ。ベージュのハーフパンツ。海に出るのに似合いそうな形の帽子を手にしている。どれもなんてことのないデザインなのに、素人目にもやたらと高級そうに映る。

うちのお父さんと同世代なんだろうけど、いい意味で生活の匂いがしない。二枚目俳優なみの若々しさだ。

「うちのおやじ。ってか、何しに来たんだよ？　ここ使うのか？　これからちゃちゃっと掃除して出てくよ」

「いやいや、そういうことじゃないよ。このへんの海を周遊しててな。今日は朔哉が友だちとここを使ってることを思い出したんだ。ちょっと挨拶しとこうと寄っただけだ」

「寄るなよー。ガキじゃねーんだから」

宇城くんは嫌そうにのけぞって天井を仰いだ。落ち着き払ったお父さんに比べ、どっちかと……いわなくても宇城くんのほうがガキだ。

「まあまあ、朔哉。わたしはすぐに失礼するさ」

宇城くんのお父さんはハーフパンツの後ろポケットから名刺入れを出した。

「おやじやめろよ、何するつもりなんだよ」

「言っただろう？　ご挨拶だよ」

「げげげー」

さらにのけ反り、両手で頭まで抱え始めた宇城くんにかまわず、お父さんは端にいた多田山くんから順番に名刺を配り始めた。

「朔哉の学力じゃ苦労が強いられる高校に滑り込んだものでね。でも君たちのおかげで朔哉もどうにか二年生になれている。試験のたびにお世話になっていることは聞いているよ。どうもありがとう。親としてお礼を言います」

やだな、と思わず眉間に力が入る。

確かに宇城くんは追試赤点常習犯で、友だちのお世話にはなっている。でもそれは男子限定だ。お世話をしているのは多田山くんと森本くん他、サッカー部の面々。

わたしも奏も凜子も関係ない……。

そこでわたしの順番が回ってきて、両手で名刺を差し出された。あわてて両手で名刺を受け取り、さらには頭をうんと下げてそれを掲げあげるような体勢までとってしまった。テンパりすぎてわれながら意味不明。

宇城くんのお父さんをちらりと見上げると、とても優しい目をしてそんなわたしの奇行を眺めていた。

この人と折り合いが悪いの？

昨日の朝、多田山くんから聞いた話が脳裏をよぎる。この人が魔法使いで、薔薇の花が散るまでに愛し愛される人をみつけなければ、宇城くんを海の藻屑にしようとしている。

こんなに優しそうな人が？

「高校生の君たちの力になれることなど、こんなおじさんにはないでしょうが、困った時には連絡してきてください。ただし、助けられるという保証はありませんがね」

「だったら来るな！」

まっこうから宇城くんは口答えをしている。今はやっぱり、それほど仲がよくないのかな。高校二年の男子はまだ反抗期？　宇城くんの場合は長そうだ。

「ははは！　その通りだね、朔哉」

まったく意に介さないお父さん。

「じゃ君たち、楽しんでください。あ、箒や雑巾なんかもう離しなさいよ。見たところもう充分片付けてくれている。おみやげでも買って暗くならないうちに帰るんだよ。親御さんたちにも申し訳ないからね」

大人の余裕とソフトな威圧感にぽかんとしっぱなしだったわたしたちは、宇城くんのお父さんがリビングの扉に手をかけたところで、ようやく口々にお礼の言葉を述べ始めた。

わたしももう一度丁寧に頭を下げる。

みんなで宇城くんのお父さんのあとをついて玄関まで送りに出た。

「あ、ここに置いてあるのは帰りに食べるといいと思って用意させた弁当だよ。人数ぶんあってよかった」

玄関の床に、読めないほど達筆な草書で店の名前が入った抹茶色の紙袋が置いてあった。

ありがとうございます、とみんなが揃って頭を下げる。

クルーザーでの周遊のついでに思いついて寄っただけにしては、こんな気配りまでしてくれている。

玄関扉を閉める時、宇城くんのお父さんは振り返り、にこやかな笑顔で順にみんなを眺めた。

わたしのところで視線を止めたように感じたのは、やっぱり気のせいだろうか？　わたしが、中学の模試で、宇城くんと問題をおこした女子だと気がついているんだろうか？

宇城くんのお父さんが出ていってから、ほどなくわたしたちもそこをあとにした。

たった四日しかいなかったのに、ここを去るのがとても名残惜しかった。

6 ラプンツェルと野獣

夏休みが明けるのがとにかく待ち遠しい。

奏や凜子とは何度か休みの間にも会ったけれど、サッカー部はほとんど休みがなかった。いい感じの奏と多田山くんにはもどかしいんじゃないかな。そこ、はっきり聞いてないけど。

ということで、奏と凜子とわたしでスタパに集まった時、問い詰めてみた。

二人はバスケ部の練習後、わたしは文化祭準備の集まりの後で、三人とも制服だ。

奏はめずらしく頬をかすかに染めて下を向いてみたり、もう残っていないジュースの蓋をあけて、中身を何度も確認したりしていた。

まわりにうちの高校の生徒がいないかを確かめているのか、鋭い視線をギロギロと左右に動かす。挙動不審だ。

おそるおそる口を開く奏。

「まだつき合ってては、いない、みたいな？」

「でもあんたたち、なんか最近名前で呼び合ってない？　呼び合ってるよねえ？　多田山が奏のこと奏って呼んでるの、聞いたことあるんだけど」

「うんうん！　そういえばわたしも奏が多田山くんのこと、結人、って呼んでるの聞いた！」

凜子の剣幕にわたしも畳みかける。

「それは……えーと、なんか、海で遊んでる時にふざけてそう呼び合ってたら、結人がこれからもそうしたい、みたいに言うから……そうしてるっていうか」

「それだけっ？」

「……うん。いまのとこ」

「ほんとにっ？」

「……うん」

「なんでもないのに二人だけお互いに名前で呼び合ってるって、なんか変じゃない？」

凜子のツッコミがすごいことすごいこと。奏の正面で腕組みに足組み、椅子の背もたれによりかかってふんぞり返っている。

これじゃ尋問……。警官と容疑者。

「そのうち……。いや。うーん……。あたしにもわかんないんだって、ほんと」

奏はめずらしく、ものすごく歯切れが悪い。

「電話とかしてるんでしょ？　デートとかしてるんでしょ？」

「いや、ないよ。電話はしてる、けど」

「けど、なに？」

「サッカー部がほぼ毎日あるから、なかなか会えなくて……」

「でも会うんだ？」

「………」

「いつ会うの？」

「……夏休みの終わる直前です。最後のほうに、ほとんど手ぇつけてない宿題を手伝うことに、なっています」

ここでついに奏のキャラが崩壊した。凜子に対して敬語を使うという前代未聞の事態に発展。

「ガチな運動部男子とつき合うって大変だね。波菜も覚えときなよ」

「うえっ？　なんでわたしがっ？」

突然振られたわたしへの苦言に変な声が出る。

「宇城だって多田山と同じサッカー部じゃんか」

「わたしは、関係ないもん……」

「波菜のほうは進展なしかぁ。これぱっかは本人同士の問題だしね」

「波菜と宇城の進展とか、東大合格なみに難しい気がするんだけど」

話題がわたしに移って急にリラックスしたのか、今度は奏が乗ってくる。

「だよねえ。どうしたもんかな」

「ほんとにねえ」

二人ともテーブルに両手で頬杖をつき、双子のように同じ角度に身体を傾けている。ポーズが瓜二つ。長い髪の制服への広がり具合まで一緒なのだ。奏の茶髪に対して凜子は染めていない黒髪、ってくらいしか違いがない。

「ぶっちゃけ、奏と多田山はほっといてもちゃんとくっつくんだよ。別にこじれてもいないし」

「自分で言うのもあれだけど、まあそうなのかもね。波菜と宇城は二人とも天然通り越して鈍感、いや完全にピントが外れてるでしょ」

「思ったなー。そのくせ二人とも隠そうとしてもしっかり顔には出るんだよ。まだ先は長いのか、お二人様、って聞きたくなる雰囲気だったよね、旅行の帰り」

「凜子も思った？　あたしもだよ」

「ほっといてよ！　わたしと宇城くんはそういうことにはなりようもないの！」

二人とも同じポーズは崩さない。無言のまま眉根をかすかに寄せる。表情までが寸分たがわぬものになる。

「もうっ！　この金太郎飴娘たち！」

「聞いた、凜子？　あたしたち、金太郎飴だって」

「あたしと奏が金太郎飴！　ふえぇ！」

長い飴のどこを切っても中の模様は同じになるのが金太郎飴。頬杖をついたままお互いのほうを向いて、金太郎飴具合を確かめあう奏と凜子。

二人ともロングで顔立ちこそ違うけど美人だ。同じ制服を着ていると鏡のこっちと向こうに見えなくもない。

　ともあれ。

あの夏の旅行からの帰り道、宇城くんもわたしもどこか妙だったことを、凜子でさえ気がついていた。

宇城くんは普通にしようとそれなりに騒いではいたんだと思う。

ただ彼の場合、普段のテンションがすでにおかしいから、無理にさわぐとどこか白々しくなる。演技ができるほど器用じゃないのだ。

宇城くんが気落ちしている原因がわたしにあるとうぬぼれていいのかどうか、よくわからなかった。

　ただあれ以来、宇城くんはわたしに「おもちゃみたい」とも「かわいい」ともそれ以外の言葉を使ってもからかってこなくなった。あれ以来、といっても旅行の帰り道が宇城くんと一緒に過ごした最後だ。あれからまだたったの二週間しかたっていないなんて信じがたい。スタパから出たわたしは、くっきりした入道雲を恨めし気に睨む。今までの人生で一番長い夏休みのような気がした。もう三年くらい夏休みをやっている気がするよ。

　会いたいなんて、思う権利があるのかな。

　思いがけなく宇城くん本人から、メッセージアプリで連絡が入ったのは八月の後半だった。たぶんサッカー部がない日。奏は今日、多田山くんとデートなのかもしれない。
『相談があるんだ。学校に来てくんない？』
『うん』
　そんな単刀直入なやりとりでわたしは学校に赴くことになった。

相談ってなに？

宇城くんがわたしに相談なんて、ぜんぜん思い当たるふしがない。二人きりになれるという期待より、不安のほうがはるかに大きかった。

八月後半の学校では、かなりの生徒を見かける。部活動にやってくる団体や、文化祭の準備でクラスに集まる生徒たち。

昇降口で宇城くんはわたしを待っていてくれた。こんなことを奏や凛子に報告したら、やれ告白だのやっぱりそうだった、だのと大騒ぎになる。

でも告白じゃないことはわかりきっている。宇城くんが、相談だと言いきったこともあるけど、今までの経緯を考えてもそんなことがあるわけがないのだ。

「よう波菜。あんま焼けてないじゃん」

「それほど出かけてはいないから。奏も凛子もバスケ部で忙しいでしょ？」

「ふうん。友だち少ねえじゃん」

軽口をたたく宇城くんにどこか安心する。

「宇城くんは焼けてるね」

「あれから部の合宿あったからな」

そこで一度会話が途切れた。

「部室で話そうと思ってさ。教室だと誰か絶対に入ってくるから」

わたしにちらりと部室の鍵らしきものを見せると、先に立ってスタスタと歩き出す。時刻は五時をまわっていた。

部室棟、と呼ばれる運動部の部室ばかりが連なる建物に案内される。

「今日、ほんとは休みだったんだけど、練習試合が近いから校庭譲ってもらえたみたいで急に招集かかってさ。いつもよりだいぶ早くは終わったんだけど」

「え？　なんで鍵持ってるの？　返さなくていいの？」

「管理してるのは部長の結人。あいつ信用が厚くてさ。顧問は鍵が戻ってるかどうか確認しない」

「そんな信用、逆手にとっていいの？」

「いいのいいの。部員が大事な話をする場所を提供してんだよ。これくらいのこと、うちの顧問は承知してる」

「そうなんだ」

部員と顧問のいい関係ができている。それもサッカー部が強い要因のひとつなんだろうな。

「ちょっと前までみんな着替えてた。超やばい臭いすると思うけど、そこは耐えてな」

無理をしているような、どこか痛々しさを感じる笑顔をわたしに向けた。

「平気だよ、一応共学なんだもん」

宇城くんが鍵を開けた部室に入る。

汗と、大量の制汗剤の匂いが混じっている。思春期男子臭だ。

でも嫌な気持ちになんかならない。むしろここが宇城くんの高校生活の重要テリトリーか、と嬉しく感じさえした。

相談とはいえ、友だちとしてここに入れることが幸せだ。

広くはない。十畳くらいのスペースにロッカーがところ狭しと並んでいる。

端っこにスコアブックや雑誌が詰め込まれた机があった。日誌みたいなものを書いたりするのかな。

その机の棚に、一見して女子用だとわかるパッケージの日焼け止めを発見する。

そうだ。一年の一時期、仲良くしていた明美ちゃんはサッカー部のマネージャーだった。

わたしと宇城くんが中学時代に模試で出会っていること、そこで何があったのかを話すほど彼とも仲がいい。部員とマネージャーってそこまでの強い結束ができるものなんだろう。

そうは思っても、あの時告げられた事実を思い出して苦い気持ちになる。

宇城くんはその机に両手をついて前のめりになるから、自然とわたしには背中を見せる形になる。

「宇城くん、相談……って」

なかなか彼が切り出さないから、わたしから聞いた。

「時間が、ないんだ」

「え?」

「親と約束した時間までにもう間がない」

「それって……」

別荘で多田山くんから聞いた魔法の薔薇の話? 薔薇の花びらが全部散るまでに愛し愛される人をみつけなくちゃ宇城くんは海の藻屑になるって、あの話?

「俺の常識的なアプローチ力を培うために、おやじから課題が出されてる。それを条件にこの高校の受験を許された。おやじが行かせようとしてた私立は規律が厳しくて俺には合わなかったから」

「そうなんだ」

宇城くんは、ふだんはそんな気配をみじんも見せないけど、大きな会社社長の御曹司なのだ。庶民には縁のない親の希望がきっとある。

「親のいいなりとか、かっこ悪いよな。めんどくせー家でさ」

「そんなことはない。家なんて千人いれば千人とも違うしそれぞれの事情もあるよ。けど……」

「けど、なに？」

「ちゃんと聞いてもいいかな。どういう課題なの？　期限っていつ。できなかったら宇城くんはどうなるの？」

薔薇の花びらが全部散るまで、とか達成できなかったら海の藻屑、じゃ抽象的すぎてどういうことなのかわからない。

「好きな子が、いる」

「え……！」

脈絡を無視した突然の宣言に、鈍器で殴られたような衝撃が走る。宇城くん、もうちゃんと好きな子が、いるの？

聞いた話が本当なら、その子と愛し愛される関係、両想いになれなかったら海の藻屑になるんだよね？

好きな子がいる。

好きな子がいる。

好きな子がいる。

巨大ホールでシンバルを叩いたような余波が、うわんうわんと頭の中で響く。

「おやじから出されてる課題はな、その子と両想いになれなかったら、留学すること。もうこんな時期だろ？　手続きはしてあるって宣告されてる」

そうか。欧米の新学期は九月。つまり期限は、薔薇の花びらが散る時は、九月ってことだ。海の藻屑とは留学。海の向こうに行ってしまうという意味。

留学は人生の大きなステップアップだ。藻屑だなんて、そこで終わるような意味に使うのは間違っているんだろうけど、今、宇城くんは行きたいと思っていない。

その子がいるから……？

その好きな子についての相談を、わたしにしようとしている。よりによってこのわたしに。宇城くんを好きなこのわたしに。

「そ……そう、なんだ」

どうにか、気力で声を出すものの、宇城くんに届いたかどうか疑わしい。膝ががくがくと震えているのがはっきりわかる。

「時間がない。だけど、絶対に絶対に失敗はできないんだ。振られたらその場で留学することが決まってしまう」

宇城くんのかすかにふるえる背中があまりに痛々しくて、わたしは身動きもできない。

どれほどその子のことを想っているのかが、痛いほど伝わってくるから。

「絶対に離れたくないんだよ。だから振られるわけにいかない」

「…………」

「その子には好きなやつがいるって最近知った。一時期は、だからあきらめて留学するしかないのかと覚悟した。だけど、そいつと、つき合ってるわけじゃない、し」

「…………」

わたしは下を向いて唇を噛んだ。涙が出てきてしまわないように力の限り唇を噛み、身体の痛みで心の痛みをどうにか抑え込む。

宇城くんの好きな子には好きな人がいる。彼も片想い……。

宇城くんはそこで身体ごと振り返り、わたしに対峙する位置になる。

「あきらめようとしたんだよ、でも、できない」

「……うん」

こんなの、なんて答えればいいんだ。宇城くんの好きな人。その人には最近好きな人がいると知ってしまった……。

徐々にショックから現実に引き戻された脳細胞が、その好きな人についての答えを導き出す。

完全に奏のことじゃないか。奏が多田山くんを好きなことは、宇城くんのあの別荘に行ったメンバーにはまるわかりの事実だ。

宇城くんと奏。二人をつなぐいろいろなシーンがよみがえってくる。ああ……。そういうことだったのか、と納得もできる。

宇城くんが別荘にわたしたち三人を誘うのに、一番初めに相談したのは奏だ。二人で冊子を見て盛り上がっている後ろ姿を今でも覚えている。彼が一番仲がいい女子はなんだかんだで奏だと、微妙な気持ちにもなったものだ。わたしが一緒であること、なんて条件はただのカモフラージュだ。

奏と多田山くん、二人だけでボートで沖に出てしまった時も、疲れているはずなのにマットに腰をおろして延々とそっちを眺めていた。魂の抜けたような無表情で。

あきらめようとした、でもまだつき合っているわけじゃない、と肩を落とす。宇城くんは今、この半端な状態に悩みぬいている。

多田山くんも何をそんなに慎重になっているのか、いざとなったら勇気がでないものなのか告白までには至っていない。というか、さすがに今日のデートでそういう話になっているはずだと思う。

宇城くんは、海の藻屑になってしまう？　このまま留学してしまう？

奏は……誰からも好かれる。わたしが洋くんを好きになった時だって、洋くんの好きな人は奏だった。

今度もわたしが宇城くんを好きになり、宇城くんは奏に惹かれている。こんなに切なく思いつめた表情をさせるほどに。

これほど皮肉な話があるだろうか。尊敬もし、大大大好きで、これから先もずっと親友でいてほしい奏が、わたしの好きな人の心を奪い続ける。つかみ取り続ける。

唇からじわじわと液体がにじみ出てくる。鉄の匂いが鼻の奥を刺す。でもここで、絶対に泣くわけにいかない。

気がつくと、わたしのローファーの先につくかつかないかの位置に、もっと大きいローファーの先端があった。

そろそろと見上げた視線のとどまるところ、宇城くんの、苦しくてたまらない、と訴えるまなざしが降っている。

窓からの西日に片側だけが赤く染まった彼の顔は、今日も涙が出るほど美しかった。この美しさは外見からのみくるものじゃないと、わたしは知っている。

真っすぐな優しさ。友だち思いなところ。飾り気のない性格。計算のない対人関係。

お金持ちなのに親の権威に頼らず、一介の高校生であろうとする自由な考え方。

いつのまにか、わたしはこんなにも宇城くんのことを知っている。きっと、きっと誰よりもどんな人よりも宇城くんのことは知っている。

わたしだけが知っているはずなのに……！

だってわたしほど宇城くんのことを真剣に見つめている人はいないんだから！

なのに、どうしてわたしじゃ駄目(だめ)なの、と傲慢(ごうまん)な考えが鎌首(かまくび)をもたげる。これぱっかりは仕方のないことなのだ。どうにもならないことなのだ。

直球な宇城くんのことだ。

もしかしたら、好きな相手が奏じゃなかったら、親友である多田山くんの好きな人じゃなかったら、悩みはもっと軽かったのかもしれないね。

「波菜」

「……宇城く……」

「教えてくれよ、波菜」

「……え？」

「波菜だったら、どうすれば俺を好きになる？」

「…………」

「未(いま)だに引きずるほど好きな相手から、俺はどうやってその子をぶんどればいいと思う？」

「…………」

「どうすれば振り向かせることができるの？　的確にアプローチするどころか、俺はめちゃくちゃその子を傷つけていたらしい」

「…………」

「俺、最低だろ？」

「……そんなこと、な、い……」

　宇城くんが最低なわけなんてない。

こんな顔を見られたくなくてそむける。我慢に我慢を重ねて、それでもついにあふれた涙が、鼻の横を伝って床にしたたり落ちた。

「絶対に絶対にその子と離れたくない！　留学なんかしたくないんだよ！」

他の女の子に向けられる宇城くんの気持ちが、剣になってわたしの心を切り裂いてゆく。

「…………」

「教えてくれよ、波菜。どうすれば俺を好きになるの？」

感情が昂ぶったのか、宇城くんはわたしの両肩に両腕をかけて揺さぶった。

「……そのままで……、そのままの宇城くんが……」

好きなのに……。

好きなんだよ、ものすごく……。

ハッと我に返る。

わたし、今、何を言おうとした？

奏のことを、こんなに思いつめるほど好きだけど、この状況にどう対処したらいいかわからない、と、彼女の親友のわたしを頼って相談してくれている宇城くんに。

なぜか瞳を大きく見開いたまま動かない宇城くんに、畳みかける。

「……ねえ、宇城くん。例えば、例えばだけど、その宇城くんの好きな子に彼氏ができたとしたら？　それでもその子の側にいたい？　その子とその子の彼氏を近くで見てるのは辛くはないの？」

一度は大きく開かれた宇城くんの瞳がしだいに光を失っていく。

「……それでも、会えなくなるよりはマシ、かな」

「わかった。わたしにできることなんて知れてるけど、宇城くんの力になる」

「……は？」

わたしはきびすを返した。

「待てよ波菜！　どこ行くんだよ」

出入り口付近にいたわたしは、すぐにドアを開けて外に出ることができた。

摑もうと触れてきた宇城くんの手を、かなりの勢いで振り払う。

予想外のわたしの行動に戸惑う気配がはっきりと伝わってくる。宇城くんは動けずにいた。

それをいいことにわたしは一目散に校門目指してつっ走った。

たぶんわたしが外に出てドアが閉まる前に、宇城くんもそれに続いたんだろう。直後には部室のドアが閉まる音がしなかった。

「波菜！」

案の定、校庭に宇城くんの声が響き渡る。

「宇城！」

先生のうちの誰かが宇城くんを、とがめるような声音で呼んだ。

わたしは走りながら振り向いた。

野球部の顧問の先生が、わたしのほうへ向かう宇城くんの前に立ちふさがる。そして何かを大声で問い詰めている。

部室がどうの、と聞こえたから、おそらく、今日は早くに終わったはずのサッカー部の部室にどうして入っているんだ、と責められているんだろう。

宇城くんが先生に止められなかったら、間違いなく校門にいきつく前につかまっていた。

そうならなくてよかった。

夕暮れの中、わたしは今、オフィス街にある高い建物をふり仰いでいる。青っぽいガラスで全面を覆った近代的なビルで、ゆうに三十階以上はありそうだった。

これから自分がとろうとしている常識はずれな行動を考えると足がすくむ。

でも、困った時には連絡してきてください、と名刺を渡してくれたのは宇城くんのお父さんだ。

わたしは二重の自動扉になっている入り口を通った。

見上げれば首が痛くなる巨大吹き抜けの、だだっ広いコンコース。床は滑って転びそうなほどつるつるしたグレーの石でできていた。

奥には半円形の受付がある。

扉に近い場所には何組かのテーブルと椅子のセットが置いてあり、そこでは書類を挟んで向かい合う男性二人が、打ち合わせか何かをしていた。

受付カウンターの中には二人の女性が座っていて、その前を、首から社員証を下げたスーツ姿の大人の男の人が行き交っている。女の人はごくたまにしか見かけない。

もちろん高校の制服なんか着ている女子はわたしひとり。滑稽なほど場違いだ。

来客と思しき人たちは、受付で何かを書いてからプレートを受け取り、エレベーターのほうに消えてゆく。この受付を通らないとビルへは入れないシステムなんだ。

受付カウンターで紙面に何かを書きつけている男性がひとり。列には誰もならんでいない。

わたしはおそるおそる男性の隣に進み出て、そこに座る受付のお姉さんに声をかけた。

「あの……面会したい方がいるのですが……」

「はい。こちらの用紙にご記入ください。お約束でいらっしゃいますか？」

「や！　約束ですか？　それは、あのあの、お約束じゃいらっしゃいません！　でも困ったことがあれば、ぜひ連絡してください、と、おおおっしゃってて、いただいいててわれています！」

慣れない敬語を使おうとして嚙みまくっている自分が、果てしなくちっぽけな存在に感じた。

でも逃げない。勇気をください。

今、門前払いをくわされたら、なけなしの闘志が砕け散りそうだった。砕け散るわけにいかない。必死だった。

「ただいま連絡いたしますね。どちらにお越しでしょうか？」

受付のお姉さんがやわらかい笑顔で小首をかしげる。尋ね方がとても優しかった。

わたしがこんな場所に不慣れなのは火を見るよりも明らかなのに、嫌な顔ひとつしない。

そればかりか、暗に大丈夫よ、と態度で示してくれている。

「えーと」

受付のお姉さんの心配りに背を押され、お財布にいつも入れていた名刺の役職名からわたしの名前までを、ガタガタの字で記入した紙を差し出す。

「社長の宇城……でございますか」

さすがに受付のお姉さんは眉根を寄せた。

「はい。困った時はぜひにと……」

命綱にすがりつくように、同じ言葉を何度も繰り返す。

やがて受付のお姉さんは受話器を取り上げ、内線電話をかけはじめた。

「宇城社長に島本波菜様がお見えです」

ささやかな声で相手に告げ、返事を待っている。

「どうぞ後ろの椅子におかけになってお待ちくださいませ」

その間に受付のお姉さんはわたしに向かい、そううながした。

会社のシステムがわからなすぎて怖い。

こういうのって宇城くんのお父さん本人にすぐつながるわけじゃないんだよね？　ドラマとかだと秘書って人がいるはず。……そこから、どうなるんだっけ……？

生きた心地がしない数分を、わたしはならんだブースのひとつで過ごした。

考えてみれば、こんな大きな会社の社長に会いにくるのに約束もないなんて、断られるに決まっている。怖い怖い怖い。

でも怖さより、宇城くんの苦しそうな表情のほうが自分の中で何倍も強い。ただ彼のお父さんに会わなくちゃ、と祈るように考え続ける。

面会を断られたらどうしよう、どうしよう。そうだ！

きっと社長、宇城くんのお父さんは、ここを通ってビルへの出入りをするはずだ。

それならずっとこの椅子に座って、ひたすらその瞬間を待ち伏せするっていうのはどうだろう。

でも社長が会わないって言った高校生の小娘なんか、警備の人につまみ出されるのがオチだろうか。

どうしようどうしようどうしよう。

親指の爪で反対の手を何度も引っ掻いていたらしく、気がつくと皮膚に白く筋がいくつもついていた。でも痛みはない。

怖いのにかすかな高揚感さえ感じ、自分の中の新しい自分が目を覚ましたような、不可思議な感覚がした。

「島本様」

「はっ！　はいっ」

わたしは椅子から勢いよく立ち上がった。

さっきの受付のお姉さんがすぐ近くまで来てくれていた。

「宇城は島本様にお会いになりたいそうです。ただ現在、社内で打ち合わせをしております。島本様がよろしければ、二十分ほどお待ちいただきたいそうなのですが、いかがでしょうか？」

「あ、会ってくださるんですかっ？」

「はい。お待ちいただけますか？」

「もち、もちろんです！　一時間でも二時間でもわたし、待ちますので。そ、そうお伝えくださ、いまままませ」

受付のお姉さんは最初と変わらない優しい顔つきで、さらにはくすりといたずらっぽい笑みまで浮かべた。わたしも思わず口元を緩め、歯を見せた。

笑われたのにちっとも嫌な感じがしない。

「そのままおかけになってお待ちくださいませ」

わたしみたいな高校生相手に丁寧に頭を下げると、身をひるがえし、足早に受付のブースに戻っていった。


「島本様、大変お待たせいたしました」

二十分近くがたち、さっきのお姉さんがまた呼びにきてくれた。

「社長の宇城はただいまこちらに参ります。このビルの裏手に都会のオアシスといった公園があるのですが、島本様をそちらにお連れし、そこでお話を伺いたいと申しておりますが、いかがでしょう？」

「は……はあ……」

わたしは正直面食らった。社長と、宇城くんのお父さんと一緒に外に出るの？

「宇城は、もうすぐ日も落ちることだし若いお嬢様が父親でもない男性と二人で歩くのはよくないと、女性秘書も連れて行く、と申しております」

「い、いいえ！　そそ、それは結構です。宇城社長と二人で」

「大変失礼ですが、宇城にお会いになるのは初めてですか？」

「あの……まったく初めてってわけではないんですが、知ってるわけでも……」

「一介の受付の者が申すのも気が引けますが、宇城は信頼のできる大人でございますよ。女性秘書も一緒ですし、わたくしどものような受付の者とも気さくに口をきく人物です。警戒することはないかと思いますよ」

「あ、警戒しているわけではないんです。そういうのでは……」

公園。こんな展開になるとは思ってもいなかった。

会議室とか応接室とか、そういう室内で二人で話をする予定だったのだ。

実は宇城くんのことをお願いするにあたり、わたしは土下座もする覚悟だった。

しかし公園。よりによって自社ビルの裏にある公園となると、きっと女子高生に土下座をされる宇城くんのお父さんが困り果てることになる。しかも秘書さんも一緒……。あの模試の時に宇城くんを送り迎えした人だろうか。

第三者の前でできる話じゃないのに……。でももうそんなことを言っている場合じゃない。

「宇城はきっと、島本様を緊張させないために屋外を選んだのではないでしょうか？」

そうか。わたしがこんな場所に慣れていないのはわかりきっている。

まさかと思うけど、土下座までしようとしてここまで来たことを、読まれている？　こんな大きな会社の社長ともなれば、わたしみたいな小娘の考えを推測することなんか朝飯前なのかもしれない。

でも、わたしが自分の息子の同級生で、あの別荘で会ったことのある女子だと、ちゃんと認識しているんだろうか？　受付のお姉さんは島本波菜、とわたしの名前は告げたけど、高校生だなんてことには触れていない。

とにかく土下座の線は消えた。誠心誠意話をして、頼み込んで、理解してもらうしかない。

「宇城社長と、公園までご一緒します」

毅然と答えたつもりなのに、ひどく心もとない声しか出せなかった。

「かしこまりました。今、連絡いたしますね。もうしばらくこちらにおかけになってお待ちくださいませ」

お姉さんはわたしを残し、受付ブースに戻ろうとした。

「あのっ」

「はい」

お姉さんはこちらを向き、足を止める。

「ありがとうございました」

わたしは深く頭を下げた。

「いいえ」

お姉さんは笑みを浮かべ、それからわたしに頭を下げかえした。

「やあ、島本さん、よく訪ねてくれましたね」

エレベーターから降りてきたのは、確かにあの別荘で会った宇城くんのお父さんだった。濃紺のスーツに身を包んでいると雰囲気がまるで違うけど。

そして後ろに影のようにひっそりと控えているのは、確かにあの模試の時に会った女性秘書さんだった。

「こ、こんにちは。あの……突然き、えと、お伺いして、もも、申し訳ありません」

「そんなに構えなくても大丈夫ですよ。あなたは朔哉の大事なお友だちですから。朔哉がお世話になっているんでしょう？」

定期試験や追試で、勉強を叩き込んでくれている友だちだと思って、こんなに丁重に扱ってくれているんだろうな。

「いえ、わたしは勉強の面ではまったく……」

「それでも大事な友だちですよ。ここじゃどうにも目立つ。悪いが裏の公園までおつき合いくださいますか？」

「あ、ごめんなさい」

「いえいえ」

先に立って宇城くんのお父さんがエントランスの二重の自動扉を抜ける。忙しいのにわたしなんかのために時間を作ってくれた。手短に済ませなきゃ。


ビルの裏の公園は、あの受付のお姉さんが言ったとおり、そこそこの大きさだった。円形の噴水を囲んで豊富な緑が目に優しい。ベンチもたくさんある。

子供が遊べるような遊具はなくて、すみのほうに筋トレか何かに使うような鉄の棒を組み合わせたものがおしゃれに設置されている。中央にある、巨大なコンクリートの壁を乱雑に並べたオブジェが、迷路っぽくて遊具として使えなくもないと思う。

いかにもオフィス街の中にある公園。子供ウケよりは大人ウケを狙ったような公園だ。受付のお姉さんも都会のオアシスと言っていたから、サラリーマンの憩いの場なのかもしれない。

あたりが暗くなり始めていることもあって、子供の姿は皆無だった。駅に向かう大通りからも逸れているため、今はサラリーマンの姿もない。

宇城くんのお父さんはコンクリートオブジェの近くで立ち止まった。秘書さんはそこからかなり距離をとった後ろに控えている。

あのくらい離れていれば話を聞かれずにすむかな。

「わたしに何か話があるようですね？　大変申し訳ないですが、時間があまり……」

「はい。あの、まずえと……。わたし、島本波菜と言います。数週間前数人で別荘を使わせて頂いた、宇城くんの友だちです。帰りのお弁当をありがとうございました。とてもおいしかったです」

「もちろん存じていましたよ。よく覚えている」

「宇城くんのお父さん！　お願いです！　宇城くんの留学を今回は取り消してください！宇城くんは、今はどうしても行きたくない理由があるそうです」

わたしは膝につきそうになるくらい深く頭を下げた。

「波菜さん、まず頭を上げてください」

「そうしたら考えてくださいますか？」

わたしは頭を下げたままの姿勢で答えた。

そこで、ふ、と余裕の笑いを耳にする。

「これはずるい。知能犯というものだ」

そうだ、確かにこれはずるい。秘書さんだっているし、こんなところじゃ社内の人に見られないとも限らない。土下座はダメだと自分で判断したじゃない。

わたしはよろよろと頭を上げ、ぐしゃぐしゃになって唇に貼りついた髪を指でよけた。

「お願いです。ずるいこともしたくなるくらい切羽つまってるんです。宇城くんはどうしても、今は留学に対して前向きな気持ちになれないんです。そんな時に無理に行かせても、いい結果はでないと思いませんか？」

「すごいなあ」

感心したように呟く。

「は？」

「さっきまでどうなることかと思うほどしどろもどろで、言葉もつっかえてばかりいたのに、朔哉のことになったら驚くほど舌がまわるようになりましたね、波菜さん」

「だって……」

「約束だったんですよ。朔哉が中学の時にどうしても公立の、今あなたがたが通っている日向坂高校を受験したいと息巻いてるもんで、わたしがちょっとした難題をね……。当時の成績では合格はかなり難しかったはずなのに、執念というのはよくよく怖いものですねえ」

「宇城くんは、やる時は、ちゃんとやる人です。自分で留学が必要だと判断したら、誰よりも真剣に取り組むはずです」

「よくわかっているような口ぶりですね、朔哉のことを」

「……わかってます」

　きっと、きっと誰よりも。

「朔哉をよくご存じなら弱点も知っているでしょう？　アメリカ育ちのせいか考え方が奔放すぎて、あまりにも人と感覚がずれている。父親が言うのも何ですが朔哉は風貌も悪くない。性格も悪いとは言わんでしょう。なのに女の子には、異性としてとんと見てもらえない」

「そんなことは、ないです」

「傍からはだいぶ苦労してるように見えますね。そこで好きな子に対して的確なアプローチ力をつけろ、と課題を出したんですよ」

「聞きました」

「あなたが頼みにくる……。朔哉は振られた？　とも考えにくいですが。どういうことなんだろう？」

　宇城くんのお父さんは眉間にしわを寄せて難しい顔をした。顎に手をあてて考え込んでしまっている。

「いいえ、まだ告白はしてないと思います。宇城くんはとても慎重になっているので。でも、実らないんです」

「ほう？　それは……」

心底意外だと言わんばかりに、宇城くんのお父さんはわたしを無遠慮に眺めはじめた。

自分の視線が礼を欠いていると思い至らないほど、驚いているように見える。

「宇城くんの好きな人は、違う人が好きで……。その二人は両想いで、間もなくつき合い始めます」

「どういうことなんだか……とても、信じられないがね」

さっき突きつけられた、宇城くんの奏への強い恋心を思い返し、涙が出そうになる。

「両想いじゃなきゃダメなんですか？」

「はい？」

「両想いは二人分の想い、ってことですよね？　じゃあ二人分以上に、強く宇城くんを想っている人間がいる。それじゃダメですか？」

「……そんなことはわからんでしょう。本人からの申し出でもなけりゃ」

「本人が申し出れば、留学は強要しないでもらえますか？」

「いいでしょう。その二人分、朔哉のことを想っている、というのは誰ですか？」

口の中の水分が全部蒸発したかのように、喉がカラカラだった。

「……わたしです」

「波菜さん……」

「中学時代、模試で宇城くんに消しゴムを貸しました。カンニングの疑いをかけられたのもわたしのせいです。何をやっても要領の悪い人間なんです。でも、でも宇城くんを想う気持ち、は……」

涙で喉が詰まる。


「波菜っ」

そこでわたしは、ありえない人の声が割って入るのを聞いた。

「朔哉！　そこのコンクリートオブジェに隠れていなさいと言ったはずだが？」

「えっ……！」

わたしたちが公園に入ってきた道筋を見返し、凍りついた。そこに、息をきらせた宇城くんが立っていたからだ。

「……二十……分で、ここまで来い……とか無理だっつーの。おやじ距離の感覚……おかしい」

両膝に両手をつき、肩で息をする宇城くんは途切れ途切れにそう呟いた。

「波菜さんの名前を出したらいきなり電話切ったから、空でも飛んで間に合うかと……おっと、そんなにギラギラした目で親を睨むもんじゃないぞ。朔哉」

　どどど、どういうこと？　わたしに二十分待って、と宇城くんのお父さんが言ったのは、彼がここに来る時間を稼ぐため？

　き、聞かれたの？　今の話。

「俺は留学しない」

「そ、そうだな、朔哉。課題を立派にクリアしたんだ。その必要はないな。うん。大丈夫だぞ」

「……」

「約束どおり留学はなしだ。だからそうギラギラ睨むのはやめなさい。波菜さんのことは充分丁重に扱っとる」

　後ずさりしながら宇城くんのお父さんが宣言した。

　よかった、と思う一方で気持ちを知られたことが恥ずかしく、その場にへたりこみそうになった。二の腕を強い力で宇城くんに摑まれ、どうにか腰を抜かさずにすんでいる。

「朔哉、浮かれる気持ちはわかるがね、まだ年若いお嬢さんなんだから、あまり遅くなっては……。ああ。はいはい。わたしたちはお邪魔だね」

　宇城くんのお父さんは言葉の途中で逃げるようにくるりと背を向け、足早に公園の出入り口に向かった。

浮かれるってなに？　宇城くんのお父さんが言っていた通り、横から流れてくる宇城くんのオーラが強すぎて怖い。

膝が笑いっぱなしでちっとも足に力が入らない。それでもどうにか、わたしの腕を支える人の横顔を斜め下から仰ぎ見る。

確かに目がギラギラ、と表現したくなるほど、宇城くんは怖い顔をして去って行くお父さんを睨んでいた。

お父さんと秘書さん、二人の背中は濃くなってきた闇に簡単に溶けた。

どうしよう。宇城くんに気持ちを知られた。知られた、知られた。

二人分の気持ちで想っている女子がいると認めてくれたから、宇城くんのお父さんは留学しないことを認めてくれたんだろうか。話の途中で宇城くんが割り込んできて、でもなぜかなし崩し的に留学はなしだと宣言して宇城くんのお父さんは去った。

留学はなしだと……！

わたしは、もしかしたらやっと彼の役に立てたのだろうか？

だけどそれと引きかえに、宇城くんにまでわたしの気持ちを知られてしまった……。恥ずかしすぎる。

羞恥心に耐えきれなくなったわたしは、宇城くんの腕を振り切って逃げようと試みた。

正確には試みようとした。わたしの腕を掴む宇城くんの力が強すぎて、びくともしない。

宇城くんはそのまま何も言わず、まるで引っ張り込むようにすぐ後ろにあったコンクリートオブジェの壁と壁の間にわたしを入れた。

「宇城く――」

わたしの身体が温かくて硬いものに抱きすくめられた。強く強く。身体がのけ反ってしまうほど。どうなってるの……。

でも。

わたし、この感覚を知っている。はっきりと覚えている。

水上アスレチックで、わたしが池に落ちて溺れた時のものだ。

宇城くんは、水の中で、ほとんど意識のないわたしを抱きしめた？　え？　ほんとにどうなって……。

「波菜、好きだ。めちゃくちゃ好きだ。もう……どうしたらいいのかわかんないほど、お前が好きだ」

「！！！」

「言いたくても言えなかった。何度振られたってあきらめるつもりなんかなかったけど、振られたらその場で留学が確定になっちまう。みっともないけど、それが、こ、怖くて」

「……奏、奏は……？」

「奏？　前原のこと？　なんで今そんな関係ないやつの名前が出てくんの？」

「か、関係ない、の？　だってだってだって……。宇城くんの好きな人には好きな人がいるって。奏は多田山くんが好きだから」

「波菜は、あの野郎、洋くんとか呼んでた幼なじみのことが今でも好きなのか、と」

「違うよ、わたしが好きなのは、ずっとずっと前から……」

もしかしたら模試で隣の席になって、消しゴムのない宇城くんがわたしのほうをふいに向いて、視線が絡んだあの時から……。

「好きなのは、……宇城くんだよ」

わたしを抱きしめる腕の力が強くなった。もう息をするのも苦しい。早鐘のような自分の心臓の音が大きすぎて驚かされる。

「マジで？」

「マジじゃなくて……こんなことが、できると……思う？」

「これ夢？　夢だったら俺、起きた瞬間、落胆で死んでると思う」

「それ、は……わたしも、同じだ、よ」

そして苦しい。でも苦しいと訴えたくなかった。だって苦しいと口に出してしまったら、宇城くんはわたしを離してしまうから。

わたしは浅い呼吸を繰り返しながら、宇城くんの体温に包まれ続けた。ここは本当に天国じゃないの？　わたし、生きてるの？

コンクリートの壁の間から見る薄闇のビル群は、人工的な美しさにあふれていた。建ち並ぶビルの整然と並んだ窓はランダムに白く発光している。ビルの合間からは流れる車のオレンジのヘッドライトが見える。街路樹の葉はライトに照らされ夜目にも鮮やかな緑色。車が走行する音が耳に優しい。

日がすっかり暮れたオフィス街の公園には、人っこひとりいなかった。公園の誘蛾灯に照らしだされた影は、重なりあってひとつに見える。

そんなわたしたち二人の他には。

誰も、いなかった。

どのくらいの時間がたっただろう。

宇城くんがわたしの手を引きながら駅に向かう。最初は無口だったわたしたちは、少しずつ、ぽつぽつと、今までのことをお互いに話しだした。
中学の模試のカンニング事件がもとで、宇城くんがお父さんと喧嘩をした。その原因を作ったわたしは、宇城くんの潜在意識の中で嫌われているんじゃないかとずっと怖かったこと。

宇城くんは答えてくれた。喧嘩になったのはカンニングどうのこうの、ではなく、自分があの日を境に日向坂高校一本に絞ると言いはったからだと。

宇城くんのお父さんは自由人で、どうしても会社を継ぎたくないと言えば、許してくれそうでさえあるんだそうだ。一度きりの自分の人生だと。

ただ若いうちにもっと世界を観ろ、と留学に対しては譲らなかったこと。お父さんが経営にも携わっている宇城くんを行かせたがったという私立高校は、留学にとても積極的で、いくつものプログラムのある高校だったそうだ。当然学費は高い。お金持ちの子息が集まるような高校だった。

そこで宇城くんと意見が衝突した。宇城くんは、晴れて志望校に合格できたなら、一介の高校生として青春を謳歌したかった。

電車に揺られ、宇城くんはわたしの家がある駅で降りた。どうやら送ってくれるつもりらしい。

話がつきなかったわたしたちは、うちの近所にある小さな古い公園のブランコに隣り合って腰かけた。

「たぶん、まだ無意識にだけど、中学生だったその時点で、俺の頭には同じ日向坂高校に通う波菜との未来を思い描いてた。留学なんか冗談じゃねえ、と」

世界を見ることはやぶさかではないとしても、それは自分の中で高校時代じゃない、と思ったそうだ。

「おやじは見破っていたわけだ。俺が日向坂高校に固執する理由も。高校時代には留学したくない、と言いはる理由も」

「それって……」

「波菜がいたから。俺、波菜が合格することは疑ってなかったから。自分さえ頑張ればあの子と同じ高校にいけると確信してた。たぶん秘書の葛西さんから、あのカンニング事件の詳細な報告がおやじのところには、いってたはずだ。波菜の名前まで、きっと」

「そうなんだ」

「そこで出されたのがあの『美女と野獣』のパクリみたいな条件でよ」

「愛し愛される人をみつけること？」

「そう。おやじもいい歳して恥ずいっつーの。だけど俺は波菜に惚れるもんだと、おやじのほうが先にわかってたってわけだ」

「信じられないな。今でも」

「まあ高校に入って、案の定惚れたわけだしな。入学当初から気になって気になって仕方なかった。特に二年になってクラスが同じになってからは、知れば知るほど知りたくなった。もう好きって気持ちが、抑えられなかった」

「……わたしね、ずっと宇城くん、自分でも気づかないような心の底では、わたしのこと嫌ってるんじゃないかと思ってた」

「だから違うって！　模試のことは関係ない。あれは俺とおやじの勝手な意見の相違。ってか、あれ以上わかりやすいアピールないってくらいのアピール、してただろ？　もう最後なんて、本人にどうやったら俺を好きになってくれるのか聞くっていう、もろ反則のだな」

「……噂っていうか。聞いちゃったんだよ。模試でわたしが無理に消しゴムを貸したことが原因で、親と喧嘩になった。それで……あの時のことをよく思ってない、みたいな言い方を、……された」

「あー」

「……やっぱり、それは話してたんだ？」

明美ちゃんから聞いた時の、放課後の教室の匂いまでがよみがえりそうだった。

「たぶんそれ、ニュアンスがぜんぜん違う。サッカー部の部室で、確かに模試の時のことは話したことがある」

「………」

「俺と波菜は、中学の頃からの結びつきがある的な？　運命みたいなもんでつながれてると、自慢したかった」

「じ、自慢？」

「そう、自慢。たぶんな」

「……ずっと、ずっと勘違いしてたよ」

それが真実？　そんな甘い真実があってもいいの？

涙がでてきてしまいそうだった。わたしは急いで下を向き、両手で口と鼻をきつく押さえて目を閉じる。

ギィ、とブランコの軋む音がした。

わたしの座るブランコの前に、宇城くんが片膝をついて腰をおろした。

ブランコの前には人の背丈ほどの植え込みがあって、なぜかここだけが隔離されたような構造の公園だ。

「波菜」

「な……に」

涙がつまってうまく声がでない。

「俺がお前にどんなに夢中かわかるか？　好きになりすぎて、自分でどうしたらいいかマジでわかんなくて」

「それは、わたしの、……ほうだよ」

宇城くんがわたしの手を取り、自分の左胸に当てた。

「ほら」

すごい速さで心臓が動いている。

「おやじのビルの裏の公園で、お前の話、聞いた時からずっとこうだぞ？　俺明日まで生きてられっかな」

「……生きて、くれなくちゃ、やだよ」

「たぶん俺はこれからもずっと怖い。怖くて怖くてたまらない。波菜の気持ちが離れたらどうしようって。みっともないけど、めちゃくちゃ怖い」

「……宇城くん、それは、わたしだって……同じだよ。きっと、もっと怖い気持ちは強い」

「変な心配すんなよ。俺のほうが、波菜の百倍好き」

「…………」

「守らせて。俺に波菜を。ずっと」

もう声にならない。

涙があとからあとからあふれて、とても顔を上げられない。

ブランコから降りて、わたしの前に片膝をついていた宇城くんは、無理な体勢のままわたしを抱き寄せた。宇城くんの制服のシャツの肩口に、いくつものしずくが吸い取られていく。

そんなわたしたちを見つめているのは、闇に浮かぶ十六夜の月と、『この公園はボール遊び禁止です』と書かれた立て看板の中の小さな男の子だけだった。

「いっやー！　あたしたちと交際記念日が同じになるとはねー」
夏休みの最終日、奏と凜子と三人で、前から行きたいと話していた可愛いカフェに来ている。
「しんっじらんない！　奏も波菜も二人してあたしを裏切るのぉぉー？」
結局あの日に奏と多田山くんもつき合い始めたらしい。もともとあの日、サッカー部は

休みだったところを練習試合が近いからと臨時招集がかかったのだ。

「そういう捉え方しないでって、凜子。まさかこんなことになるとはわたしだって……」

「宇城がからかってるだけだと、マジで信じてたってところが波菜だよね。好きでもない子を男があそこまでからかうか！　っての。そう思わない？　凜子」

「思う思う。ってかほんとは波菜、わかってたんじゃないのぉー」

カフェのテーブル席で、オレンジジュースを片手に、凜子は反対の肘で横からわたしをつっつく。

「好かれてるなんて信じられるわけないじゃなーい。わたしが原因でお父さんと喧嘩して確執が残って、それをよく思ってないみたいに、この耳で聞いちゃったんだもん。この耳で、しっかり！」

「あーそれね。あたし結人から聞いちゃったんだー」

「やだやだ、つき合ってる者どうしってなんでも筒抜けで」

「それ波菜に言ったのって、サッカー部のマネージャーの明美じゃない？」

「……う、うん」

「明美って宇城のことが一年の頃から好きらしいよ？」

「えっ……」

確かに宇城くんは、ニュアンスがぜんぜん違うと言っていた。

「ひえー！　あの宇城を好きになるやつが、波菜の他にもいる！」

「驚くとこ、そこなの凜子？」

わたしは唇を尖らせた。

「実は隠れ宇城ファン……っていうより、隠れガチは案外多いよ、凜子。波菜、これからしっかり覚悟しな」

「肝に銘じます」

「ってか、あの旅行の時からラブラブだよね？　そのネックレス、食料調達の時、宇城に買ってもらったでしょ？」

わたしは胸元に下がっている、鳥の形のネックレスヘッドを触った。

「うん。屋台からいっぱい下がってる中でこれを見てたら、宇城くんがどんぴしゃのを外してくれた。人の視線の先を読む訓練もサッカー部でするのかな」

「「しない！」」

奏と凜子の声が重なる。

「波菜の持ち物はスケジュール帳からポーチまで、オカメインコ率がめちゃ高いからね。宇城は波菜の趣味を知ってたってだけだよ」

奏の説明に、わたしはまたもや真っ赤になった。この赤面症が治る日は来るんだろうか。

「わたしなんかでいいのかなぁ。まだ信じられない」

家の近所まで戻った別れ際、呟くわたしに奏は笑った。

「結人からそこも聞いちゃったよ。宇城、嬉しすぎて浮かれきってたみたいで口を滑らせたみたい。波菜、ほんとに自分で髪を切って塔から降りるラプンツェルになったんだってね」

「え？」

「宇城のお父さんに直談判したこと！　やる時はやる子だって宇城はちゃんと波菜の魅力を見抜いてた。そこにどうしようもないほど惹かれてたんだと思うよ。宇城は絶対に波菜を離さない」

「それは……夢中で」

今となってはめちゃくちゃ恥ずかしいんだけど。

似合うよ、ラプンツェルと野獣！　と、奏は優しくささやいた。

「宇城くーん」

　待ち合わせの大きな駅の改札で、わたしは携帯をいじりながら待っていてくれた宇城くんに手を振る。

「おお、波菜。おはよ」

「ごめんね、待った？」

「そうでもねえ。今がジャスト」

　今日は（正式につき合ってからの）初デート、かな？　でも夏休みが明けて提出期限は過ぎたのに、まだ宿題に四苦八苦している宇城くんを手伝うのが主流になりそう。これからスタパで二人で宿題だ。

「俺やっぱその服好きだな。波菜めっちゃかわいい……うわ」

「え？　うわ？」

「なんか今すげえ楽だった。気負わないでかわいいって言えるのって緊張しないですむのな。今知ったぜ、遅まきながら」

「もうっ……。恥ずかしいな、何言ってるのよ」

「その服、超似合ってる。むっちゃんくっちゃんにかわいいよ波菜」

「だって宇城くんが選んだんじゃない」

今日のコーデは、アウトレットで宇城くんが買ったTシャツに水色のチュールスカートだ。Tシャツは示し合わせてあの時に買ったペアのものだったりする。これをもう一度、しかも一緒に着ることになるなんて、想像もしなかった。

「池にハマって二人とも濡れること前提だとペアも買えるかな、なんちゃってな！」

「そこまで考えてたの？」

「当たり前！　男をあんまなめるなよ！　波菜のことになると頭がまわるまわるまわるまわる」

「これから宿題にもまわそうね！　宇城くんのほうは、すでに提出期限が過ぎてる夏休みの宿題なんだよ？」

わたしは宿題が入っているトートバッグを持ちあげて彼に見せた。

「げげげー」

トートバッグから顔をそむける宇城くんを眺めながら思う。

小さいものでもいいからさ、これからも増えるといいな、ペアグッズ。

「よろしくね、宇城くん」

小さな声で呟くと、そっぽを向いて答えられた。

「末永く、が抜けてる」

「……末永く、よろしく、お願いします……。あ、えと、ふつつか者ですが」

波菜はふつつかじゃねーだろ、と呟いてから、宇城くんはしばらくうつむいていた。それから、さらに声をひそめる。

「波菜は春風っぽい。俺にとって、春の突風(とっぷう)って感じなの。これはもう一種、病(やまい)」

「な、なんの、でしょう」

春色シンドローム、かな、と彼は照れくさそうにささやいた。

あとがき

「はじめまして」の皆様、「また会えましたね！」の皆様、ただいま絶賛ひっそり腰中のくらゆいあゆです。『春色シンドローム』をお手に取っていただき、ありがとうございます。

一応ひっそり腰の解説を。若い方にはいらない情報かもしれませんが、人間の体を侮ってはいけません。知人がいつなんどき発症するかもしれず、知っておいて損はありません。

ひっそり腰とは一般で言うぎっくり腰のひっそり版です。くしゃみをしたり重いものを持ったりすると「ぎくっ」と痛みがくるのがぎっくり腰。なんと正々堂々としてわかりやすい親切な表れ方でしょうか。

それに対し、なにが原因かわからず、ひたひたとまるで忍者のように忍び寄り、いつのまにかぎっくり腰状態になっているのがひっそり腰。その間、たぶん数時間。

なんか腰が痛いかも→うぎゃー！　歩けないー！　までが、ほんの数時間。ひっそりひたひたと短時間に襲われ、超絶に痛いです。わかりにくいですやめてください……。

あらためましてくらゆいあゆです。

前作『青春注意報！』から一年ぶりのビーンズ文庫です。

前作に続いてお手に取ってくださった方、もしいらっしゃいましたら作者としてこれほど嬉しいことはありません。ありがとうございます、感激です！

そして茶々ごま先生の神美麗イラストに吸い寄せられてお手に取ってくださった方、ありがとうございます。願わくばこのお話も気に入ってくださいますように。「もし次のお話がでたらつき合ってあげないでもないよ」と思ってくださったら、超超感動でございます！

わたしの書く男子キャラには、必ずといっていいほど入っている「不器用」要素。それをつきつめて考えていたら、残念男子にまで昇りつめてしまいました。

そんな漫画のようなキャラはいないようで、実は学年にひとりくらいはいたような気がします。

朔哉のキャラは「残念男子」にイケメン度など諸々たして「残念王子」でスタートしました。そんなこのお話、雰囲気を大事にしたかったですね。自分の中の作品キーワードが「春風」でした。これは題名が決まる前から考えていました。

春風はそよそよと優しく吹き抜けるものもあれば、路上に放置されたビニール袋を巻き上げる勢いの突風であることもあります。でもどんな時にも春風は暖かいんです。今回のヒロイン波菜は、弱いけど強い、そしていつでも暖かい、そんな子にしたかったのです。

リアルで高校生の方もそうでない方も、読んでいる間は、朔哉や波菜、二人を囲む友だちと一緒にめいっぱい青春してほしいな、というのがわたしのささやかで最大の目標です。

『春色シンドローム』に素晴らしい表紙イラスト、挿絵イラストを描いてくださった茶々ごま先生、的確なご指導をくださった担当様はじめ、たずさわってくださった全ての方にお礼申し上げます。

そしてこのお話を読んでくださった全ての方に最大級のありがとう！　を。皆様が素敵な毎日を送られることをお祈りいたします。

二〇一八年　立春　一足早く桜の紅茶を飲みながら。

くらゆいあゆ

「春色シンドローム 残念王子様と恋の消しゴム」の感想をお寄せください。
おたよりのあて先
〒102-8078 東京都千代田区富士見1-8-19
株式会社KADOKAWA 角川ビーンズ文庫編集部気付
「くらゆいあゆ」先生・「茶々ごま」先生
また、編集部へのご意見ご希望は、同じ住所で「ビーンズ文庫編集部」
までお寄せください。

春色シンドローム 残念王子様と恋の消しゴム

くらゆいあゆ

角川ビーンズ文庫 BB704-2 20871

平成30年4月1日 初版発行

発行者——三坂泰二
発 行——株式会社KADOKAWA
〒102-8177 東京都千代田区富士見2-13-3
電話 0570-002-301(ナビダイヤル)
印刷所——暁印刷 製本所——BBC
装幀者——micro fish

本書の無断複製(コピー、スキャン、デジタル化等)並びに無断複製物の譲渡および配信は、著作権法上での例外を除き禁じられています。また、本書を代行業者などの第三者に依頼して複製する行為は、たとえ個人や家庭内での利用であっても一切認められておりません。
KADOKAWA カスタマーサポート
[電話] 0570-002-301(土日祝日を除く11時〜17時)
[WEB] http://www.kadokawa.co.jp/(「お問い合わせ」へお進みください)
※製造不良品につきましては上記窓口にて承ります。
※記述・収録内容を超えるご質問にはお答えできない場合があります。
※サポートは日本国内に限らせていただきます。

ISBN978-4-04-106822-9 C0193 定価はカバーに表示してあります。

©Ayu Kurayui 2018 Printed in Japan

くらゆいあゆ
イラスト★はくり
青春注意報！
せいしゅんちゅういほう！
スキとキライを行ったり来たり
すれちがい恋愛ストーリー！
高1の菜子の気になる人、それはクラスメイトの一澤くん。見ているだけで幸せだったのに「お前、何様のつもりだよ！」って、え、なんのこと？　「好き！」と「嫌い！」を行ったり来たりするこの恋、一体どうなるの……？

●角川ビーンズ文庫●

朱里コウ
イラスト／柚木ウタノ
Sound
君に捧げる恋のカノン
君の歌に、恋をした。
カリスマバンドのボーカルと期間限定カレカノに!?
クリスマスイブ、ライブステージで歌うカリスマバンド
RAISEのボーカル・キョウに一瞬で恋をした花音。
彼を追いかけて同じ高校に入学し、ついに運命の再会！
するとキョウに期間限定の"彼女役"を頼まれて……!?

●角川ビーンズ文庫●

切なすぎる
ラストに
泣きキュン！
ゆき しおり
油木栞
あまみや
イラスト●雨宮うり
待ち合わせは理科室で
Machiawase wa Rikashitsu de
らくがきが結ぶ、はじめての恋──
苦手な理科の授業中に理緒が見つけたひそかな楽しみ
──それは、"K"という男子との机でのらくがき交換。
"K"候補、サッカー部の桐生君と近づく中、大嫌いな
はずだった理科教師、榎本先生とのキョリも急接近!?
●角川ビーンズ文庫●

「角川ビーンズ文庫 学園ストーリー大賞」も
エブリスタで読めます!

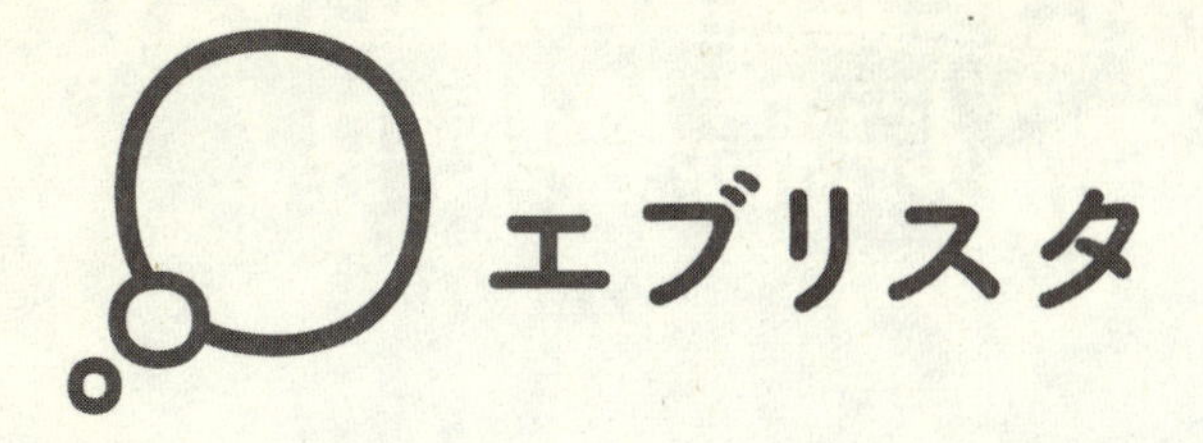

「エブリスタ」は、小説・コミックが読み放題の
日本最大級の投稿コミュニティです。

【エブリスタ 3つのポイント】

1. 小説・コミックなど 200万以上の投稿作品が読める!
2. 書籍化作品も続々登場中! 話題の作品をどこよりも早く読める!
3. あなたも気軽に投稿できる! 人気作品は書籍化も!

エブリスタは携帯電話・スマートフォン・PC からご利用頂けます。

小説・コミック投稿コミュニティ「エブリスタ」

http://estar.jp

携帯・スマートフォンから簡単アクセス⇒

◆ スマホ向け「エブリスタ」アプリ

ドコモ dメニュー ➡ サービス一覧 ➡ エブリスタ

Google Play ➡ 検索「エブリスタ」➡ 書籍・コミック エブリスタ

Appstore ➡ 検索「エブリスタ」➡ 書籍・コミック エブリスタ

※パケット通信料はお客様のご負担になります。

第18回
角川ビーンズ小説大賞
原稿募集中！
カクヨムからも応募できます！

ここが「作家」の第一歩！

賞金 大賞100万円
優秀賞 30万円
奨励賞 20万円
読者賞 10万円

郵 送：2019年3月31日（当日消印有効）
WEB：2019年3月31日（23：59まで）

2019年9月発表（予定）

応募の詳細は角川ビーンズ文庫公式HPで随時お知らせいたします。
https://beans.kadokawa.co.jp/

イラスト／たま